时间的体积
▼ ▼ ▼

　　我愿意相信时间的体积，不仅因为它使时空穿越成为可能，让我有机会去探望儿时、现在与未来的自己，也一如我的文字，串联了我的记忆和成长；我愿意相信时间的体积，更因为它象征着独特的思考方式，好似余秋雨先生的《文化苦旅》和林达先生的《一路走来一路读》，以文学为载体，把自身的旅行、历史、文化以及未来连接到一起。文学还可以涉及更多领域，我所热衷的正是用这双文学的眼睛和写作的双手，展现自己眼中世界的维度。

时间的体积

（加）边昱嘉 著

当代世界出版社
THE CONTEMPORARY WORLD PRESS

图书在版编目（CIP）数据

时间的体积 /（加）边昱嘉著. —北京：当代世界出版社，2018.8
ISBN 978-7-5090-1423-3

Ⅰ.①时… Ⅱ.①边… Ⅲ.①散文集－加拿大－现代 Ⅳ.①I711.65

中国版本图书馆CIP数据核字（2018）第176138号

书　　名：	时间的体积
出版发行：	当代世界出版社
地　　址：	北京市复兴路4号（100860）
网　　址：	http://www.worldpress.org.cn
编务电话：	（010）83908456
发行电话：	（010）83908409
	（010）83908455
	（010）83908377
	（010）83908423（邮购）
	（010）83908410（传真）
经　　销：	全国新华书店
印　　刷：	炫彩（天津）印刷有限责任公司
开　　本：	880毫米×1230毫米　1/32
印　　张：	7.5
字　　数：	170千字
版　　次：	2018年9月第1版
印　　次：	2018年9月第1次
书　　号：	ISBN 978-7-5090-1423-3
定　　价：	49.00元

如发现印装质量问题，请与承印厂联系调换。
版权所有，翻印必究；未经许可，不得转载！

自序·维度

时间,只是我们目前所理解的一维的长度吗?时间,真的该用秒、分、小时来计量吗?

从宇宙的层面看,地球的自转是我们的标准钟,按照表盘分割的原理分割地球,时间就成为三维的体积。

时间的体积,这个概念是不是有些难以想象?可以试想一下,人类迄今为止对时间的理解是否过于片面,甚至可能是完全错误的?

生活在这个三维世界里,我们的想象力似乎被"不可逆"三个字限制了。就如二维的纸片人无法想象三维的立体世界一样,生存于三维世界的人类在探索更高维度的进程中,也遇到了阻碍。对宇宙和世界的理解,很多时候需要跳出三维的角度,以更高的视角观察、发现,这时能够理解的内容就丰富多了。

对宇宙的探索,以及对人类文明的探索,这两种摸索的方式是相通的——需要的都是升高维度后的洞察,正是山顶风光与山脚景色不甚相同的道理。宇宙由不同层级的维度构成,我们的文明也由

不同方面组成。建筑、政治、艺术、科技、体育、教育等等，只论及这六个领域，就有无限的交叉与重叠，例如建筑要运用艺术进行设计，又将通过科技得以建造。组成人类文明的成百上千个领域相互交织，创造出我们的"文化宇宙"，构造出知识的维度。无论是为了各个范畴的发展和相互促进，或单纯地为了解各个领域，观察、分析、比较都是很重要的。那么，怎样升高维度，跳出某个特定领域，全面探索世界？对我来说，写作就是一种绝佳的方式。

跳出来，站在我们普遍思考的维度之外，尔后从更高的角度分析看待问题。我一直尝试采用这样的方式。文学不只是文字，句子不只用来描写，所有文字的堆砌和描摹最终都为我们锐利而颇具高度的眼光而服务。文学不只是文学，而是观察、分析、比较各个维度的方式。

在生活、悦读和旅行的过程中，变个维度、换个角度，时间就可以以体积的形式存在，那么，时空穿越也就有可能实现了。我愿意相信时间的体积，不仅因为它使时空穿越成为可能，让我有机会去探望儿时、现在与未来的自己，也一如我的文字，串联了我的记忆和成长；我愿意相信时间的体积，更因为它象征着独特的思考方

PREFACE

式,好似余秋雨先生的《文化苦旅》和林达先生的《一路走来一路读》,以文学为载体,把自身的旅行、历史、文化以及未来连接到一起。文学还可以涉及更多领域,我所热衷的正是用这双文学的眼睛和写作的双手,展现自己眼中世界的维度。

我们的想象力并未被"不可逆"所限,大胆、疯狂的关联和独特的视角正是文学存在的重要意义之一。

所以,你愿意站在维度之外,打破固有的框架,相信时间的体积吗?

是为序。

目 录

十二岁

蒙特利尔的秋 038

午夜太阳下的维京传说 041

从维京到挪威 044

鱼干 048

卑尔根的布吕根 054

优哉游哉，乐在其中 057

布拉格之夏 062

金色的布拉格 066

啤酒的奥秘

圣维塔大教堂

CONTENTS

不系之舟

十一岁

富士山下
- 搭建水坝　005
- 二条城　008
- 国分寺求签　011
- 会鞠躬的鹿　015

吴哥寻古
- 女王宫　019
- 塔布茏寺的大树　023
- 吴哥寺观日出　026

阿尔卑斯山麓
- 霍夫堡皇宫　031
- 新天鹅堡　035

圣马可大教堂	127
手工艺的生命：工匠精神	132
米兰	137
波托菲诺海湾	141
波罗的海以北	148
世界设计之都的碰撞	153
横行霸道	156
伟人，名人，常人	161
黄蓝色的平等和包容	148
孤独的大陆	167
凯恩斯	170
探索频道	173
大洋路	176
树林与栏圈	
美利坚	
磐石永固	181

十三岁

行走在日不落

苏格兰之心 073
剑桥行 078
巨石阵 083
泰晤士河美景 086
探索大不列颠 089

条条大路通罗马 I

沉浸在葡萄酒中的小镇 095
辉煌罗马，民主的雏形 099
罗马的竞技场 103
美第奇家族 107
在佛罗伦萨感受文艺复兴 110

十四岁

条条大路通罗马 II

水城之韵：当阿姆斯特丹遇上威尼斯 116
乘贡多拉游威尼斯 120

提笔·微小说

伊丽莎白与伊丽莎白　215

归宿　220

胡思乱想

读《西游记》有感	185
端午食粽	188
人的本性：《三字经》读后感	191
浅谈现代文学早期大家的突破探索之路	195
北京人的心态：读《城南旧事》有感	198
京韵	201
目送一段成长路：《目送》读后感	204
三维到四维的思维世界：《思考的乐趣》读后感	207
我的美	210

不系之舟

富士山下 / 吴哥寻古 / 阿尔卑斯山麓

蒙特利尔的秋 / 午夜太阳下的维京传说 / 布拉格之夏

行走在日不落 / 条条道路通罗马 I

条条道路通罗马 II / 波罗的海以北 / 孤独的大陆 / 羑利坚

— CHAPTER ONE —

富士山下

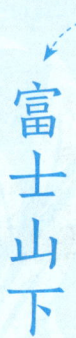

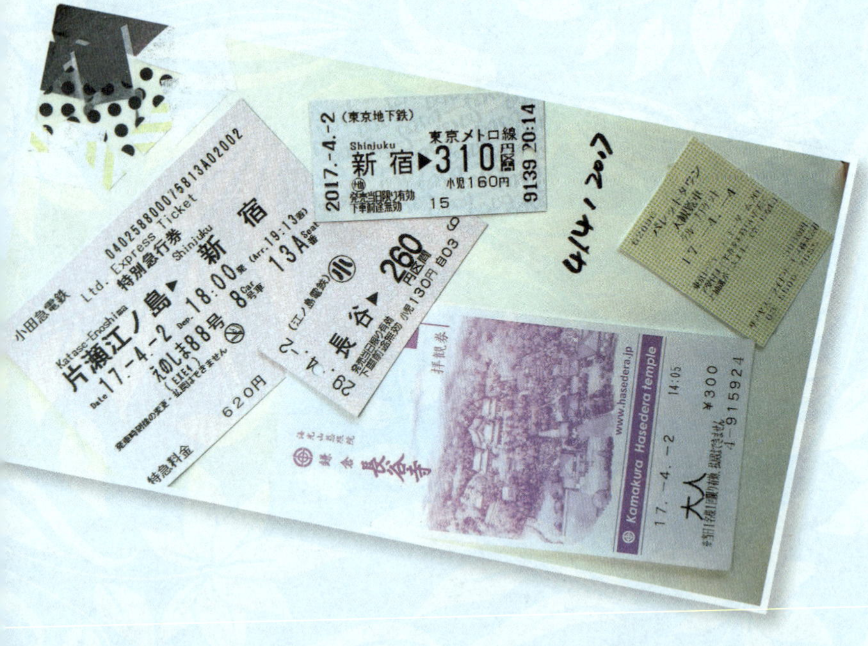

小田急電鉄
Ltd. Express Ticket
特別急行券
片瀬江ノ島▶ 新 宿
17.-4.-2
18.00
13A
えのしま88号
620円
特急料金
(東京地下鉄)
東京メトロ線
2017.-4.-2
Shinjuku
新 宿▶310
20:14
小児160円
(江ノ島電鉄)
長谷▶260
拝観券
長谷寺
www.hasedera.jp
Kamakura Hasedera temple
17.-4.-2
14:05
大人
¥300

合掌村

搭建水坝

那天,风和日丽,树叶随风舞蹈,我满怀期待地来到风景秀丽的白川乡。此处房屋大多用厚实的稻草搭建而成,双手合十的模样,因此,它还有一个更为妙绝的名字——合掌村。

与大城市的喧闹截然不同,这是一处山清水秀的小山村,节奏舒缓,气质安宁,暂时远遁繁忙的学习生活,来这里小憩相当惬意。白川乡的美丽独树一帜,清亮亮的小溪更是引得诸多游客驻足痴望。我们一家亦不例外,随喜坐在溪边,忘情品味这潺潺流水谱写的诗意。溪水叮咚声声入心,突然有了柳宗元在《小石潭记》中的陶然心声:隔篁竹,闻水声,如鸣珮环,心乐之。

溪边布满大小不一、形状各异的石子。当我抬头想望下远处的风景时,正好看到一个可以用手拉动的小水坝。突发奇想:何不自己动手搭建一个呢?于是,赶紧扭头和身后正捡石子的妹妹说:"要不我们也试着搭一个水坝吧!"

妹妹欣喜回道:"好呀!好呀!"

我们分工合作,妹妹负责找大小适中的石头,我则负责将石头摆在清澈见底的小溪中。

"可以帮我找些大点的石头吗?我想要先在最底下铺上一层,作为基底。"我对妹妹说。

"好啊，好啊，我去找一些。"妹妹回道。

我也在周围找到许多大小适宜的石头。时间一点点流逝，半晌，水坝的雏形就显露出来。接下来就到了最需要耐心的环节：把水坝垫高。所幸，此时用什么样的石头已无碍，只要将它们一块块堆积起来便好。我猫着腰，逐一接过妹妹手里的石头，轻轻把它们放在"地基"上。不一会儿，水坝就被堆建得很高啦！小小的成就感油然而生。妹妹看见我的进度，激动地大喊："快做好了！姐姐，我们要成功啦！"

在姐妹的齐心协力下，水坝只剩最后一道工序——再拿些小石头堵上过大的缝隙就大功告成了。感受到成功在即的喜悦，妹妹也益发用力朝水里扔石子，那股劲头似乎是要把自己也甩下去一样。功夫不负有心人，水坝终于竣工了，一边水位高，另一边水位低，还真是像模像样起到应有的作用了。最后，我找来一块大石头，在上面写下姐妹的名字——我和妹妹是这个水坝的创造者，立此存照！

我们的灵感其实来源于之前见过的小水坝，考虑到材料有限，我便琢磨了一番水坝的原理，做了一些改造设计，加之和妹妹的努力实践，终于顺利搭建出一座属于自己的小小水利工程，心中满溢着成功的喜悦。

想想真的很奇妙，一个灵光乍现的念头竟可以幻化出如此真切生动的成果，有点不可思议。可试想，诸多科学家、艺术家不都是紧紧抓住稍纵即逝的灵感，继而启发思考，然后经过仔细观察、发现、实验，最后获得成功了吗？真的不要小觑脑海中不经意撒下的碎碎念，这些思想的星星之火很可能燎起一片火红的壮景呢！

时间的体积

二
条
城

二条城，又名二条御所，位于日本京都，始建于公元1603年，是幕府将军在京都的行辕，也是江户幕府的权力象征。著名景观是二之丸御殿和园林。

二之丸御殿采用唐门风格的装潢，散发着浓郁的盛唐文化气息。行走于殿内，处处感到贵气逼人，悠久的历史画面似乎也纷至沓来。殿内房间众多，最大的应属"远侍之间"，建筑面积千余平米，分为一之间、二之间、三之间、若松之间和敕使之间，都作迎来送往之用，与今人的办公室相似。

二之丸御殿的建筑小巧别致，特色鲜明，园内绿化与各轩馆的搭配亦相得益彰。不论是梁柱间的雕饰、隔扇画，抑或地板设计，无不用尽心机，皆可管窥昔日幕府之繁华、居者之威仪。

值得一提的是，殿内的大部分地板都采用"鹂鸣地板"。所谓"鹂鸣地板"，就是双脚走在上面会发出黄莺鸣叫般的响声，事实上，这是用来保全自身安全的报警机关。当我踏出这种轻灵之音时，顿觉悦耳兴奋，甚至有了轻舞的冲动。可一想到这原是为防止刺客而精心设计的玄机，不禁有了片刻的噤若寒蝉，但很快又释然，深服前人竟有如此玄妙的智慧，叹叹！

二之丸御殿的设计已让人蔚为奇观，再看园林，更觉美不胜收。

园林主要分成三部分：二之丸庭园、本丸庭园和清流园。这些庭院多数采用中式风格，其中二之丸庭院的泉流清澈，水池沿岸布置有湖石，水池中央还设计了瀑布，形态华美，浓淡相宜。水庭之中建有三座小岛，周边种植着高低不一、错落有致的各类植物。湖水、湖石和植物等相映成趣，整体气质优雅而不失大气，与周边建筑自然相融。

时间的体积

　　城作为一处历史悠久的人文胜景,处处流淌着历史的片羽吉光,今人依然能从中感受到德川家族昔日的显赫权势、万世荣光,这完全得益于巧夺天工的府邸被妥善完好地保存下来,方使我们一饱眼福,不虚此行。

　　历史文化是城市的灵魂,而文物则是人类在社会历史实践中创造的具有文化价值的财富遗存。这不仅是民族文化延续至今的凝聚体,也是人类文明的宝贵财富。在经历百余年乃至千余年的历史沧桑后,这些文物能够保存、传世下来,委实不易。

　　中国作为一个拥有五千年文化和历史底蕴的国家,对文物保护的意义可想而知有多么重大。作为游客,保持对文化的敬畏之心,了解文物所具备的独特内涵和价值意义,知道文物修缮以及保护工作的不易,从而发自内心地去热爱和重视文物。在瞻仰欣赏古建筑文物的同时,也为文物保护贡献一份绵薄之力,让珍贵的文物建筑继续流传下去!

国分寺求签

时间的体积

日本于我是一个既熟悉又陌生的国度。生活中触手可及的日系产品让我觉得这个邻国并不遥远，但因从未身临其境，它仍是一个漂浮在想象中的概念。当我真正有机会踏上这片异乡土地后，却被扑面而来的和风搞得有点恍惚——这真的是脱离于华夏中原的海外异邦吗？那些明显受到中原佛教影响的文化气息和遗风尚存的传统建筑分分钟让人感到似曾相识。遥想当年大唐荣光辐射万里，鉴真大师六次东渡弘扬佛法，阿倍仲麻吕遣唐留学，佛教思想在日本得以良好传承，也就不足为怪了。

今天，我们来到日本岐阜县北部的高山市，这里正有一座著名的寺庙建筑——国分寺。

进门后，映入眼帘的便是寺内的求签室。寺里并无游人，亦未见僧尼，只有三个身穿校服的当地女学生，似是放学后顺路来参拜。在她们的热情指引下，我掷下一枚硬币，随后拿起敲钟的棒子"咚咚咚"敲了三下。伴随庄重浑厚的钟声,我朝屋内拜了三拜,虔诚求签。

拿起签筒,我按捺住激动的心情轻晃几下,暗自思忖:这事可信与否?但又心下期待会是一枚上上签。心神不定之际,一枚签子突然不经意掉了出来,签文标注"33号"。于是,我凝视着锈迹斑斑的铁柜子,小心翼翼拉开第33号抽屉,从中取出一张单薄的纸签,上有小诗一首:似玉藏深石,休将俗眼看。一朝良匠做,方见宝光寒。果然字字珠玑,每句都有吉相。妈妈说,如果是吉签,一定要随身携带;反之,便要烧掉。

时间的体积

　　此次国分寺之行，受益匪浅。让我居然在异国他乡走近了华夏中土的佛教文化，并见证了日本人对该文化的传承与发扬。于优秀的文化而言，广泛传播自然是功德一件。但如今却不乏其人正一点点抛弃属于本国、本民族的传统文化，转而不分良莠地热衷追捧西方文化，这未尝不是一种悲哀。

　　这就好像一个远行客被身边绮丽的风景所迷惑，渐渐忘了来时路，再到身心俱疲时，故乡已渐行渐远，早不知该何去何从了。身为游魂，永远都是孤独的。

会鞠躬的鹿

奈良公园位于奈良市街地东边,此处不但古迹荟萃,据说还生活着1200只鹿儿,大多温顺驯服,讨人喜爱。

我与鹿之间多有趣事,其中,与"鞠躬鹿"的邂逅最令我记忆犹新,每每想起,都会忍俊不禁。

在二月堂前有一片广场,散布着几只棕色皮毛的梅花鹿。它们中有怡然自得的,有与人惺惺相惜的,有向游客讨要食物的,还有一只古灵精怪的小鹿盯上了我们这个移动的"零食基地"。

之后,我们就遇到了它——那只据说会"鞠躬"的鹿,就站在鹿群的最前方。爸爸对我说:"你试着给它们喂点香蕉皮!"

我依言尝试给它喂了一块香蕉皮,意想不到的是,在它吞咽香蕉皮后,居然真的弯下了脖子。初以为那不过是在吞咽,但每次投食后它都会如法炮制,做出相同的动作,我便打趣道:"莫不是真

时间的体积

— 会 鞠 躬 的 鹿 —

在鞠躬吧!"爸爸认同我的"玩笑",并说:"这家伙聪明得很,深知学会了这招儿,可以讨要到更多美食,真是个小精灵啊!"

的确,看着这小精灵不停地向我们鞠躬,甚觉可爱,自然忍不住多饲喂它一些。这鹿儿单凭此技,一下子引得万千宠爱于一身,成功吸引眼球,令游人不得不把更多的目光投向它,从而忽略其他同类。真是"一招鲜吃遍天"呢!

狭路相逢智者胜。鹿能如此,况乎人呢?倘若渴望拥有更加美好的生活,不妨多多开动脑筋。正所谓我思故我在,思考的力量往往超乎我们自己的想象。靠智慧生活,而非借蛮力上位,方能成为被命运眷顾的佼佼者。

吴哥寻古

女王宫

女王宫位于柬埔寨暹粒省,是吴哥古迹中最重要的建筑群之一,并且有着"吴哥艺术宝石"的美誉。

该寺庙是当时的国王为湿婆而建造,所以又称湿婆宫,其建筑特点以小巧玲珑、精致剔透、富丽堂皇而闻名于世。在吴哥的所有建筑群中,我最为喜欢女王宫雅致的风格。

女王宫整体以朱色砂岩构成,并配有精致的佛像浮雕,看起来精细又生动。最为特殊的雕像应属"东南亚蒙娜丽莎的微笑",这个名字来自于当年占领柬埔寨时发现这个雕塑的法国人。在漫长的岁月变迁中,这些佛面似乎已经模糊了眉眼,融化在建筑里了。但从低矮的石门下放眼望去,这个雕塑上的人仿佛就是达·芬奇画作中的蒙娜丽莎,跨越千年微笑至今。

淡红色的女王宫在晨光的照耀下显得如此夺目……

女王宫虽规模有限,仍由一条护城河环绕。阳光下,静水深流,浮花浪蕊,一朵朵莲花欠着身子,粉红相宜,像是参拜女王的宫娥,

时间的体积

虔诚而不失风雅。倚河而生的参天古树将长长的树根外露于墙边的小土路上,更有甚者索性从水底冒出头来,又粗又长的树根活脱一只跃出水面的海豚。你觉得夸张吗——其实一点也不,我说的是"神似"。试想一下,老迈的躯体不甘"沉沦",挣脱河水的封印,顽强的朝气喷薄而出,一如海豚的一跃,瞬间焕发了无限华彩。

这千年前的建筑,仍旧让今天看客叹为观止,禁不住心潮暗涌。"古老"二字之所以楚楚动人,全因那个"古"字:穿越时光隧道,以陈旧之美彰显了永恒的魅力。女王宫的神奇之处正在于此。

塔布茏寺的大树

到达柬埔寨后的第二天,我们去参观了塔布茏寺,这也是我最喜欢的一座寺庙。

塔布茏寺富有印度佛教色彩,是当时柬埔寨国王为祭祀母亲而修建的。无论是门框、柱子还是墙壁上,摆着优雅姿势的佛像随处可见。这些佛像栩栩如生,有的手里拿着丝带,仿佛在翩翩起舞,有的头顶高冠……乍一看,很像缩小版的真人。

但仅仅这些并不够,最令人瞩目的还是塔布茏寺的大树。它们可不普通,而且极具盛名。一棵棵大树的树根环绕着一座座石头寺庙,树干高高耸立在寺庙的屋顶上,绿叶昂扬在枝头,洒下斑驳树影。一切都很美妙,让人仿佛置身于迷幻的童话世界中。

时间的体积

不系之舟

  在与寺庙里巨石的较量之中，大树明显占据上风。比起石头，树根看起来虽然微不足道，但仍然胜利了。大树们牢牢盘踞在巨石之上，仿佛成为大地主宰，成为比寺庙更具吸引力的存在。它凭着自身的坚韧打败磐石，其生命力之顽强，可见一斑。

  这些大树与林希所著《石缝中的生命》的小草有些相似。如此盘根错节地生长，只为把根深深扎入泥土。其实在生活中也要如此，不畏风雨，迎难而上，而不是把逃避作为一种应对姿态。

  愿我在今后的漫漫长路上，也能永远秉承着如此坚韧的精神，不遗余力去生活，勇敢前行。

吴哥寺观日出

　　吴哥寺又称"小吴哥""吴哥窟",被誉为柬埔寨国宝,也是吴哥古迹中最大且保存最完好的建筑,因此"吴哥窟"也被视为整个古迹群的总称。

　　吴哥寺日出的胜景闻名天下,观者趋之若鹜。日出大概在六点半左右,可还不到六点,游客们就熙熙攘攘聚集在寺前,不少人早已挑选了最佳位置,摆好三脚架等候。此时的天空几近黑暗,寥若晨星般闪着微光,仿佛一个人独自窃窃谈笑。

　　所有人都在安静地等候,似乎都不想惊动这个尚未苏醒的世界。此刻的黑暗如此静谧,人们益发期待即将到来的美景,心中并无瑟瑟发抖的恐惧感,反而在这份期待中整个人都变得安详。现代人焦灼的心绪似乎被这份默契的宁静治愈了。

时间仿佛被拉长，半个小时慢慢过去，天际处终于亮起一束白光。渐渐地，像是有人在地平线把这光线慢慢抖散，铺开，整片大地被逐渐点亮。

　　小吴哥的椰子树周围有星星点点的红光开始闪烁，先是浅浅柔柔的，随着时间的推移，颜色逐渐变深变暖，那片红光就像少年炽热的心般灿烂，又像是大自然温柔平和的心态突然失控，带来了热切疯狂的追逐。太阳从树后面慢慢升起来，把小吴哥和整片天空都染上了红色光芒，朵朵彤云看起来美轮美奂。眼前的红色世界让置身其中的人们难以忘怀。天色的渐变过程源于自然的鬼斧神工，为吴哥寺带来了别具一格的美丽。

　　自然缔造了壮丽的日出，柬埔寨人则建造了巧夺天工的人文景观。小吴哥的映衬令此处的日出别有韵味；反之，旭日东升亦成就了久负盛名的吴哥奇景。

　　向往大自然美景的人啊，吴哥寺在召唤你们，它的美定会让你们不负此行。

阿尔卑斯山麓

霍夫堡皇宫

　　霍夫堡皇宫是位于奥地利首都维也纳的宫廷建筑，曾是奥匈帝国皇帝的冬宫，茜茜公主也于此居住过，如今已成为奥地利的总统府邸。

　　参观伊始，我们率先进入银器馆。馆内主要展出当年皇室成员举行宴会所用的餐具，包括当年被称为"白色黄金"的中国瓷器、欧洲最早的瓷器珍品、法国宫廷赠送的礼品，以及意大利人精雕细琢的银器。琳琅满目的展品不仅盛满时光，亦是奥地利与各国友好邦交之见证。

　　走出银器馆，顺梯而上即可进入茜茜公主博物馆，此处给予我的印象最为深刻。该博物馆是维也纳政府为纪念约瑟夫一世和王后伊丽莎白结婚一百五十年特意建造的。博物馆外观气势磅礴，流光溢彩，馆内陈设着众多茜茜公主生前的私人物品，还有其著名的肖像画。这些收藏品集中呈现了公主的个人生活，重返展现了她对宫廷礼仪的反抗、对体育运动的热衷，以及对艺术的痴迷。这是异彩纷呈的一生，亦是黯然神伤的一生。

　　1837年，茜茜公主出生于慕尼黑，在巴伐利亚度过了无忧无虑的童年时光；十七岁时与奥匈帝国皇帝订婚。这次订婚也意味着这个花样少女将以政治人物的形象登上历史舞台。都说"侯门一入深似海"，贵为皇后又如何？从此，富丽堂皇的宫殿成了精致的鸟笼，圈住了茜茜公主的所有梦想，整日被数万双眼睛观察、揣测，无异于禁足。习惯了无拘无束的少女难以承受宫内压抑的教条与生活，一朵娇蕊愈发委顿。唯一的儿子自杀后，茜茜公主彻底陷入忧郁的

深渊,难以自拔,后于1898年被意大利人刺杀身亡,结束了美丽并哀愁的传奇一生。

纵观公主一生,嫁与帝王是其悲剧人生的开始。正所谓"欲戴皇冠,必承其重"。以茜茜本人的心性,绝非帝国皇后的绝佳人选。她自幼向往的是奔放、自由、我行我素,尽管庞大的奥匈帝国十分需要她,但她对履行皇后的职责意兴阑珊,更厌倦繁文缛节和各类官方社交。生活中的她多半都在环游世界,人们很难见到她,她活在大家的臆想中。即便如此,她仍从一而终地陪伴在丈夫身旁,为其生育了四个孩子,一起见证了帝国的荣辱兴衰。或许,这便是她人生价值的体现吧!

我总觉得,生命本身应该具有某种意义,每个人都肩负着自己的使命,绝不是白白来一场的。茜茜公主如此,芸芸众生亦如此。比活着更重要的是去实现自我的价值,生而为人,不负今生。

时间的体积

新天鹅堡

　　1869 至 1886 年,路德维希二世在位于德国巴伐利亚西南方,阿尔卑斯湖赫波特峡谷上方陡峭的岩石上建起了宏伟而纤秀的新天鹅堡。

　　新天鹅堡秉承浪漫主义风格,是德国的象征。听闻此处四季四景,风光各异。春季,花香草绿,景色宜人;冬季,银装素裹的城堡晶莹润泽,十足的童话世界。平日远眺,只见堡体耸立入云,为湖光山色所围绕,于绿树的映衬下,堪称仙境。

　　在新天鹅堡内,除国王的御座厅外,最为路德维希二世心仪的房间当数歌手厅。自从访问过瓦特堡后,他就下决心要建造

时间的体积

一个如出一辙的宴会厅。由于路德维希二世极其热衷于德国剧作家瓦格纳的歌剧,所以歌手厅内的大幅油画描绘的就是瓦格纳歌剧中的一出。偶尔从云层中透出一缕阳光洒在大厅墙壁上,仿佛点亮了金色墙壁的灵魂,神秘而不失高贵。金碧辉煌的歌手厅的确适合举行华丽的宴会,歌舞升平,觥筹交错,美不胜收。

山间瀑布的上方,横跨一座无柱铁桥。这是仰望新天鹅堡的绝佳观景点。微微晃动的桥体给人带来一种恍惚感,不由疑窦丛生:如此美轮美奂的景致当真存于真实世界吗?是的,它不仅真实存在,更因外形独特,引发诸多创作灵感,众多迪士尼作品中出现的城堡皆是以此为原型绘制的,可算得上是欧洲城堡中的模范生。

新天鹅堡的美景闻名遐迩,游人纷纷慕名前来。由于堡体位于高山上,当年的建造难度可想而知。俗语云"一分耕耘,一分收获",看到新天鹅堡惊艳于世的美丽,让我不得不佩服前人的艰辛和智慧,亦不禁感慨万千:世上没有平白无故的成功,只有经过汗水和泪水的浇灌,才能开出冠绝群芳的花朵。

Twelve

十二岁
▼

Years old

时间的体积

蒙特利尔的秋

秋,在不同的地方拥有不同的姿态:"可怜九月初三夜,露似珍珠月似弓"是幽美的秋;"空山新雨后,天气晚来秋"是怡然之秋;而蒙特利尔的秋则是"秋风杂秋雨,夜凉添几许",颇有几分萧瑟之意。

蒙特利尔的秋天,天空不似夏日那般高远,往往压低下来,仿佛即将与大地重合。此时,云朵的心情似乎也欠佳,眼泪星星点点地飘落,粘在绮丽的枫叶上,凄楚之美油然而生。

九月末的枫树色彩斑斓,放眼望去,叶片大多是浅绿色的,叶子边缘泛着淡黄,而树顶端的叶群则一片火红,如同燃烧的火炬。秋意萧瑟,细雨绵绵,一阵风袭来,树叶发出悦耳的"沙沙"声,红叶落索之际,天地幻化成一幅油画,美不胜收。

十二年前的春天，我出生在蒙特利尔；十二年后，我又在蒙特利尔最美丽的秋季，回到这里。时光荏苒，我已从呱呱坠地的婴儿变成了少女。平日觉得每一天都很漫长，如今细思，时光全在恍惚间溜走了。庄子有言："人生天地之间，若白驹过隙，忽然而已。"果然恰如其分。生命在时间的长河中，永不停息地流逝，在宇宙中消失得无影无踪。

吹落的枯叶随风飘动，演绎着生命的最后一舞。昨日还郁郁葱葱，今日已枯黄坠落。人生一如秋天，半暖半冷，有快乐，亦有悲伤。既然生命终将消逝，我们还有什么理由不去努力实现自己的梦想，为自己的人生涂上美丽的色彩？与其嗟怨，不如真心真意过好每一天。

"恰同学少年，风华正茂；书生意气，挥斥方遒。"暌违十二年，再回蒙特利尔，我庆幸自己并未虚度童年时光。我暗下决心，以后每过几年都要在这如画的秋天、收获的季节，回到蒙特利尔，审视这些年收获的人生果实。想必那时的我会更加成熟，对生命体悟更加深刻。

蒙特利尔，等我回来！

午夜太阳下的维京传说

从维京到挪威

挪威民俗博物馆位于挪威西北部 Lofoten 群岛的某个小镇上。这里集中展示了维京人的生活情景和民俗风情。若想在一天内"走遍"挪威,来这里是个好选择,而我非常荣幸能来到这座博物馆参观。

第一个展厅内复原了以前维京人居住的房子。房间充满纵深感,却并不宽,放置着粗糙的老式缝纫机和一些毛线。由工作人员装扮的两个"维京人"靠在墙角,正在对弈,棋子是黑白两色的石子,目测有点像国际象棋。中世纪,强壮的维京男性常年外出当海盗,而留守的妇孺过着粗犷的群居生活。这样恶劣的生存环境中,下棋想必就是平添生活趣味的娱乐方式了。

第二个大隔间是餐厅,一些游客正在品尝当地食品,四处还分布着身着中世纪服装的工作人员。这里的维京人服饰是可以试穿的。服装由金属制成,

时间的体积

多个铁圈串在一起令这件"战袍"熠熠生辉,八面威风。我试图拿起一件,却力所不逮,后在妈妈帮助下,才披上这件"战袍",又戴上一顶重得令人折腰的铁头盔。难以想象当年的维京海盗是如何背负如此重甲展开战斗的,必定个个力拔山兮气盖世。

挪威民俗博物馆之行令我有机会近距离了解维京民俗。当年,维京人在欧洲是一个特殊的族群,以充当海盗为生。由于生活在高纬度地区,农、渔业都不发达,他们的生活举步维艰,为了谋生不得不去富足的南方进行劫掠。因此,"维京"一名在彼时是带有贬义的。今天的挪威人自然不同以往,近代发现了大型油田,这真是老天爷赏饭吃,让他们一下子坐拥全球首屈一指的福利体系,羡煞旁人。在高福利的保障下,当代挪威人过上了无忧且闲适的生活,也算是苦尽甘来吧!

我在挪威从南到北游走二十余天,经观察发现,当地还有很多有待进一步开发的产业,比如渔业深加工。如今,Lofoten群岛的主要产业仍是捕鱼和晾制大头鱼干,若像加拿大那样制作深海鱼油,必定会带来更多收益。再如花草产业深加工和农业大棚种植产业。挪威有长达半年的白昼,阳光远比法国的普罗旺斯充足,虽然纬度高,气温低,但通过大棚种植技术可弥补这一先天不足。也许,当挪威在种植方面有所突破后,可以成为像法国那样的植物精油主产国。另外,还有冰川矿泉水和水力发电也都是不错的发展方向。

借助科学技术,挪威在自然资源开发方面大有潜力。合理利用这些资源,挪威势必会再多元经济发展方面取得长足进步。我期待在不久的将来,故地重游时,能看到挪威喜人的变化。

时间的体积

鱼干

大头鱼干是挪威的特产,也是当地早期最主要的食物和出口产品。挪威的几个城市就是靠出口鱼干发展起来的,不折不扣的传统产业。

我们从 Lofoten 群岛中的一个小岛驱车前往叫"雷恩"的小镇。从车内向外看时,路边葱郁的小草忽然变成一片黑压压的粗线条。我不由得定睛一看,原来是一大片正在晾晒的鱼干。走近观察,发现鱼肉基本干了,整齐地挂在线绳上:两条鱼的鱼尾拴在一起,一对一对挂在葡萄架般的"鱼架"上,经历着风吹日晒。晒好的鱼干会被摘下,摞成一人高的四四方方的鱼干堆。每一堆都贴着一张纸,写着晾晒时间和鱼的品种,小鱼需要晒九周,大鱼则需要晒十九周。

经过认真观察,我推测出挪威人制作鱼干的工序:把鱼捕回后,先去头剖腹,然后每两条鱼捆在一起,挂到架子上,晒足时间,便可以取下食用或包装出口到其他国家。

后来,我们在挪威的特隆海姆市品尝到了当地的特色菜——鱼干炖土豆,比预想中的口感稍差。可一想到当地的气候和地理条件,本身食材有限,而鱼干就如中国的腊肉,加工后不用担心腐败,也就心下释然。就是这样美味欠奉的鱼干可是当年维京人的主要食物之一,这样看,它们也算历史的宝贵见证了。

Twelve
Years old

　　如今，挪威市场上的产品种类越来越多，鱼干的竞争者也层出不穷。人们不断尝试新的食材，对鱼干的需求量也逐渐减少。然而，我们一路走来，见群岛上的每个小村庄几乎都在晾晒着鱼干，黑压压一片，望不到头。我不禁怀疑人们对鱼干的需求量是否真有如此之大？

　　在贸易早已全球化的今天，挪威是否可以考虑拓展其他产业来谋求发展，而适当减少对鱼类的捕捞？若是能够适当减少鱼类捕捞，是否对当地的生态也是一种帮助呢？

卑尔根的布吕根

从松恩峡湾一路向西穿，过几个不知名的小峡湾，就来到了挪威的第二大城市——卑尔根。

卑尔根始建于1070年，历史悠久，12至13世纪还曾是挪威的首都。到了14至15世纪时，德国的汉萨商人通过出口大头鱼干令这座城市快速发展起来。

位于大西洋沿岸的卑尔根在挪威算是气候条件最好的城市之一，尤其入夏后，总是游客如织。人们可以从弗勒于恩山上俯瞰整座城市和迷人的峡湾，水天一色，秀色可餐。城中的鱼市场也供应各式新鲜诱人的海产品，是满足饕餮之欲的绝佳之所。

然而，让人们对这座城市最为印象深刻、流连忘返的则是布吕根街区。

面朝港口的布吕根街区都是整齐排列的木头房屋，错落有致，颜色各异，红房子、白房子、黄房子……混搭一处，活似童话中精灵栖息的村落。这里曾是汉萨商人的住所和仓库，房屋均采用全木结构，屋顶是典型的德式风格，都有三层楼高。有的房屋还配有吊环和铰链，专门用来往楼上运货。在中世纪，这算是很先进的起重设备了。此处的居民果然不乏精灵之气呢！

走在排屋间窄窄的石头步行道上，五彩斑斓的建筑静静地矗立在两旁，回首又见道路尽头的码头风光，一如进入时光隧道，又似迷失于中世纪的某个海滨小城。穿过"隧道"，去到屋后，忽然有种扑面而来的开阔感——啊！这里竟有一个小广场，可能是居民们集会娱乐的场所。这别有洞天的设计，让我真切体验了一把何为"豁然开朗"，果然一片世外桃源！

  在这些木屋或广场边的石房里,还藏着一些别具特色的店铺。店主会为你热情地介绍卑尔根,还有的会即兴创作一些艺术品。逛至一家珠宝店时,竟看到一只硕大的长毛猫咪在摆满货物的桌上睡得酣畅淋漓。乘兴伸手摸它一摸,猫儿还会慵懒地扭动一下身体作为回应,知情知性得很。桌上摆着各种待售的小饰品,耳环、项链以及杯子,琳琅满目的——难道不怕猫咪一个不经意将它们推落到地上吗?看到一旁店主气定神闲的样子,我知道自己多虑了。这猫咪必定是他的爱宠,而且信任之至。你瞧,这灵性之物正用它憨态可掬的姿态吸引游客侧目,当然,你也可以说,这是店主的高妙之处吧!

不系之舟

布吕根，这片傍海的中世纪木屋区，虽然由德国汉萨商人建造，若干世纪以来，却承载着挪威的文明。它与卑尔根市交融，是整座城市当之无愧的地标代表，亦成为挪威的世界文化遗产之一，这既是卑尔根的荣耀，也是这个"万岛之国"的福气。

时间的体积

优哉游哉,乐在其中

旅途的乐趣不仅在于观赏沿途风景,更在于深入当地人的日常生活,正所谓入乡随俗。美景满足视觉享受,领略风土人情则带来精神上的收获。

那日,赏完峡湾和雪山美景,我们前往酒店,路上发现两只小猪,我和妹妹遂好奇地下车打探情况。不一会儿,一辆宝蓝色轿车从小路驶来,停在猪圈旁。一位中年女士下车,朝我们走来,并温柔地告诉我小猪的名字。车上还坐着一个小女孩,正急切地探头向外张望。看到我们正在交谈,小女孩便兴奋地跳下车,赤着双脚朝我们飞奔过来。她站在草地上手舞足蹈地告诉我,她叫 Emily,还有四个姐妹,并自豪地表示:"我们是从英国移居此处的。"

女孩是如假包换的金发碧眼,一头芭比式的金色中长发,眼睛湛蓝得一如纯净天空,身材微胖,圆滚滚的,可爱极了。当我和她说我妹妹叫 Sophia 的时候,她更将自己认识的所有叫 Sophia 的朋友给我们介绍了个遍,语气真诚,双眼中荡漾着冰川般清澈的光芒。独在异乡为异客,这份意外的热情深深感染了我。

　　Emily 的妈妈告诉我们,这是村子的边缘,只有三户人家居住在附近,Emily 的幼儿园在五公里外,每天要坐校车往返。一扭头的工夫,Emily 和 Sophia 已经打成一片,一个毫无戒心地把自己知道的事情一股脑地抖搂出来,另一个似懂非懂却又听得极为投入。两人各说各话,语言不通竟也交流自如,真是友情无国界啊!Emily 的妈妈在一旁开玩笑道:"亲爱的,你把什么都说了啊!"

　　Emily 一家住在人烟稀少的峡湾深处,每日能够与她交流的对象有限,但这并未影响她成长为一个乐观、开朗、对生活充满热情的女孩。我希望她能一直抱有这质朴的热情,单凭这份赤子之心,走到哪里都能结识新的朋友,永远开心快乐地生活。咱们那句老话怎么说——海内存知己,天涯若比邻。

布拉格之夏

金色的布拉格

美丽神秘的布拉格位于捷克西部,系该国首都。作为闻名遐迩的旅游之城,布拉格最受青睐的便是风格多样的塔类建筑,并因此得名——百塔之城,实至名归。

作为捷克最大最古老的城市,布拉格经历了诸多具有代表性的历史时期,建筑风格从罗马式、哥特式、文艺复兴、巴洛克、洛可可、新古典主义、新艺术运动风格到立体派、超现代主义应有尽有,简直就是百家争鸣的艺术博物馆,以巴洛克和哥特式的建筑数量最丰。

布拉格也被称作"金色城市"。城内建筑,尤其是顶部变化丰富多样,处处红瓦黄墙,阳光普照下色彩绚丽,极为夺目,号称"欧洲最美丽的城市之一",难怪二战中,成为唯一一座未经轰炸破坏的欧洲大都市。想来,连战争狂人希特勒都为其别具一格之美所震慑,这颜值也是一等一了。游历欧洲,此站不容错过。

时间的体积

　　布拉格是首个以整座城市当选"世界文化遗产"的文化古都，生机勃勃又古意横生，人气最旺的所在当属旧城广场。伫立广场中央，各色建筑琳琅满目，说是"目不暇接"一点也不夸张。此处遍布着旧市政厅上精美神奇的天文钟、提恩教堂的醒目双塔、充满哲思气质的扬·胡斯雕像，还有街头艺人各显神通，展示五花八门的绝活、才艺，这花天锦地的场面堪比《清明上河图》的热闹了。当然，这里最值一提的是查理大桥。桥两端各建有一座塔楼，两侧建造了诸多高大的圣像。似水流年，查理大桥与布拉格一起经历了历史的涤荡，风华丝毫不减，反而平添一丝岁月静好的淡定之美。这座古老的城池如同贵妇一般，纵然"尘满面，鬓如霜"，却让人有着"夜来幽梦忽还乡"的欣慰。历史的厚爱令她穿过重重时光，仍绽放出灿烂夺目的光彩。

　　当我置身布拉格，不禁想起我们的北京城。她远比布拉格更为悠久，亦曾留存诸多古老美丽的建筑，怎奈城市发展的过程中，这些遗迹没有得到妥善的保护。如今，我们有了引以为傲的二环路，却失去昔日那些耳熟能详的城门楼子，那些最能代表北京城的名片建筑。若当时能够采纳梁思成先生的建议，保护、保留老城区，在郊外发展新城区，那该多好啊！如果那些古建筑不曾被牺牲，且完整保留下来，那么，今天的北京城必定韵味十足。

　　思忖至此，不免叹惋连连。太多的美被建造，复被毁灭，留给世人的是无限的怀恋与不尽的唏嘘。因而，今天的布拉格更像一个斗士，饱经沧桑之后显得益发迷人，这既是由于历史的厚待，也是今人的敬重。

时间的体积

啤酒的奥秘

布拉格西南方的比尔森小城内有一家捷克著名的啤酒工厂。我们有幸进入该厂参观，这也是世界教科文组织认定的最具意义的参观项目之一。因此，内心还是期待满满的。

走进酿酒区的大门，酒香扑面而来。寻着麦芽的芬芳，我对酿造啤酒的奥秘愈感好奇。只见酿造间内摆放着不少三角形的铜制"大罐子"，很像提炼薰衣草精油的机器。答案果不出我所料。据导游讲，这些"大罐子"和提炼精油的设备有异曲同工之用——蒸馏。但这些啤酒蒸馏机还须完成其他工序：首先，在较高台子上的机器里加入原料并搅拌，再用管子输入下面的铜制容器内加热。每次交换三分之一，重复三次。为何偏偏是铜质的？因为金属中比较稳定的就是铜，即便在高低温交替变化下，它不会发生化学反应，以致啤酒出现怪味。铜制容器旁还有一个更大的铁容器。疑惑之际，只听工作人员介绍道："这个容器不需要经过温度变化，是冷却啤酒的地方，所以可以用铁制容器。冷却后再加热，并加入啤酒花。"稍后，工作人员请我们品尝他们用独家秘方制成的啤酒花。谁知刚入口，大家不约而同地皱起眉头——这味道可真是苦啊！

进入酒窖，即刻觉得周身凉意四起。导游介绍道："这里有三万两千平方米，全部由人工凿成，最深处距地面二十一米。"难怪乎这么冷！侧目发现，身边放着很多超大的酒桶，加工好的酒液会在这里放置十二天，等酒液

生出泡沫再拿去别处放置一个月,最后再过滤一番,就可以装瓶出厂了。

　　导游又带着来到存放新酒的地方,请我们品尝了一下新鲜出炉的啤酒。这里摆满了酒桶,唯有中间一条小道供人通行。工作人员为我们倒上新鲜的啤酒,我浅酌一小口,顿觉神清气爽,酒液味道甘醇,苦味于唇齿间轻荡,转瞬即逝,余韵悠长。

　　此次比尔森之行让我不仅掌握了不少酿造啤酒的知识,还见识了酿酒的全过程,亲身体验了一番何谓"苦尽甘来"。

时间的体积

圣维塔大教堂

圣维塔大教堂位于布拉格的城堡区，始建于公元929年，直到1929年才正式完工。多位著名建筑师都曾参与主持大教堂的建造工程，因此，教堂是融合了各个时代多种建筑风格的集大成者。

驻足教堂入口，我便惊叹于这庞然大物恢宏的气势与精致的细节。这是典型的哥特式建筑。主体由用砂岩雕刻而成，经过时

不系之舟

时间的体积

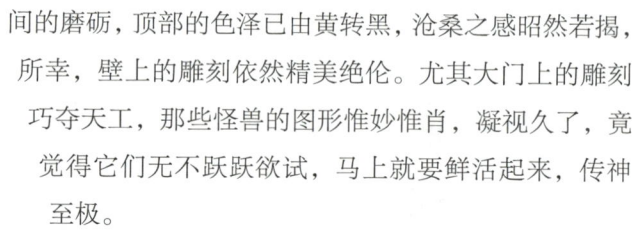

间的磨砺，顶部的色泽已由黄转黑，沧桑之感昭然若揭，所幸，壁上的雕刻依然精美绝伦。尤其大门上的雕刻巧夺天工，那些怪兽的图形惟妙惟肖，凝视久了，竟觉得它们无不跃跃欲试，马上就要鲜活起来，传神至极。

教堂内的所有窗户皆为彩色玻璃花窗，上面都是布拉格著名画家穆哈的作品，以《圣经》故事为主要题材。门扇上刻满与"创世纪"故事相关的浮雕。此刻，教堂内的光线虽较为昏暗，却因这安详神圣的氛围让人不觉肃然起敬，一颗原本悸动的游历之心亦渐渐平息下来。

教堂两侧是私人墓地，这里的很多雕塑都被涂上金色，熠熠生辉，引人侧目。踱步至教堂后侧，一座特别的墓地映入眼帘，是圣约翰之墓。圣约翰是1736年反宗教改革者，后葬于圣维塔大教堂。墓地由纯银打造，丝毫没有悼亡之气，反而显得流光溢彩，华丽异常。

祭坛是教堂内最为华彩的部分，肋形穹隆交错盘旋于天花板上，与两侧的玻璃花窗相映成趣，彰显哥特式建筑富丽堂皇、仪态万千之风貌。

较之欧洲其他哥特式建筑,圣维塔大教堂的独特之处在于飞拱的设计千变万化,因而尽显灵动曼妙。这些肋形支柱和飞拱支撑起三十多米高的钟塔,实在蔚为奇观,工艺之精湛令人啧啧称奇。如今看来,整座教堂的艺术价值远超功能价值,或许这也是令当年建造者始料未及的吧!我并非信徒,却深深折服于圣维塔的传世之美。这壮丽的建筑必定蕴含了更多的深意和故事,是我等无法尽知并能领悟的,但只惊鸿一瞥,便足以难忘今生。或许,这便是艺术的魔力吧!

Thirteen

十三岁
▼

Years old

行走在日不落

苏格兰之心

追随电影《勇敢的心》中荡气回肠的故事，沿着华莱士的脚步，我踏上了苏格兰那片荒凉而广袤的土地。风从旷野高坡上吹过，随风晃动的草儿后面露出慢慢咀嚼鲜草的苏格兰黑脸羊，还有长刘海儿的、面孔俊俏的苏格兰牛……伴随着悠扬的长笛乐曲，这片起伏连绵的土地上的动物与人那种天生的自由精神在天地间回荡。

苏格兰曾是一个独立王国。随着扩张欲望愈发强烈，英格兰占领并统治苏格兰长达数百年，苏格兰人民为了恢复自由也不懈地战斗了数百年。梳理一下苏格兰历史，可以清楚地发现其最重要的历史主线就是与英格兰的战争。可以说，苏格兰的历史几乎就是一部争取自由史。

苏格兰和英格兰之间有过两次著名的战争，第一次由苏格兰平民华莱士领导，最终以失败告终，这更加激起了苏格兰人民对自

时间的体积

由的向往。不久,以贵族罗伯特·布鲁斯为领袖的苏格兰人又一次发起了争取自由的战争。这场战争结束后,苏格兰重新成为独立国家。除了这两次规模较大的战争外,还有数不清的小型纷争。尽管苏格兰最终还是与英格兰合并,但他们的历史中始终贯穿着对自由的渴望。

影片《勇敢的心》中展现了苏格兰英雄威廉·华莱士,这个极富传奇色彩的人物带领当地人民抗争英格兰的事迹。他在刑场上拼尽全力喊出的最后一句不是求饶,而是"Freedom"。这一画面着实震撼。多少像华莱士一样的苏格兰勇士在战争中丧命,又有多少家庭因此而破碎!一次次的战争使苏格兰损失惨重,那为什么他们愈挫愈勇,仍要再三发起战争?苏格兰一直渴望独立自由的念头在旁观者看来似乎很费解:英格兰的国力明显更加强盛,跟随巨人,苏格兰并不会吃亏嘛!

不系之舟

时间的体积

中世纪，英格兰实施暴政的起因正是苏格兰人民的奋起抗争。如今苏格兰地区的民主平等是当地人民几百年来奋争的成果。当下，苏格兰仍有独立的呼声，这大概就是他们对自由向往的传统使然——即使不富有，也不愿寄人篱下，任由人摆布；即使平等，也要尝试彻头彻尾的自由。

也许是长期生活在地广人稀之地，也许是与生俱来的渴望，也许是祖先赋予的天性，当地人早已习惯无拘无束的自由，这一理念深入骨髓。无论如何，这样的精神是值得敬佩的，电影中那句地动山摇的"Freedom"喊出了当时苏格兰人民的集体心声，并始终回响在大不列颠联合王国的上空。

历史的发展很难以简单的对错好坏来评判，抛开政治因素，我猜测在最近的苏格兰独立公投中，选择独立的那45%的民众必定是世代生活在苏格兰的本土子民。我也忍不住猜想，无论苏格兰是否独立，它在当地人心中永远是自由的，因为每个真正的苏格兰人必都怀有一颗勇敢、坚定的苏格兰之心。

时间的体积

剑桥行

"轻轻的我走了,正如我轻轻的来……"

阳光明媚的夏日,河畔的金柳随风飘摇。熙熙攘攘的游客怀着好奇和憧憬慕名来到剑桥大学,挤满了整个小城。我夹杂在如织的人群中,静静观赏这座誉满全球的世界名校。

我们首先进入大学最著名的学院之一——国王学院。映入眼帘的是一座气势宏伟的教堂。恢宏的扇形拱顶、绚丽的彩色玻璃窗、

细致的木刻管风琴座、高高的祭坛无不令人眼前一亮。我正奇怪一所学院为什么要有如此壮观的教堂时,突想起中世纪时只有虔诚的教徒才有资格进入大学,而宗教礼拜是每日功课中极为重要的一部分。那么,有教堂伫立此处,也就不足为奇了。

漫步于这所不同寻常的学院,不知不觉间踱近了康河,抬眼望到一座桥。自然不是徐志摩笔下多情的康桥——这并非廊桥,只是一座普通的拱桥。但这古老的石桥横跨河上,也恰如诗人所描绘的浪漫境界。河畔的绿柳摇曳多姿,河中的青荇亦随波招摇,河面上荡漾着许多小船,撑船人正撑着长篙载着一船人漫溯,寻着徐志摩的梦,更是寻他们自己的梦。

时间的体积

尽管景致醉人，我却觉得这如同闹市般的喧嚣气氛并不符合我心中的剑桥形象——一所庄严肃穆且充满学术氛围的高等学府。时值周末，在这样熙熙攘攘的校园中，学生如何能静心学习，刻苦钻研？

带着这样的困惑，我们准备进入三一学院，可迎接我们的却是古朴的门楼和紧闭的铁门。学院因有学术活动暂时谢绝参观。厚重的中世纪建筑矗立在喧闹的城市中央，门内却安静得仿若与世隔绝，这更引发了我的好奇心。联想之前参观过的多所中外大学，都有一个比较普遍的规律：中国的大学校园基本处于围墙内，校门口还有保安看守；国外的大学多数由一幢幢教学楼或一个个独立的小学院组成，各以公共街道为界，没有统一的围墙，市民和游客可以随意穿梭。大概是因为这些大学多是私立，是从教师的小办公室发展起来，规模逐渐扩大。剑桥便是如此。十三世纪，牛津的几位教授租用民居作为教室，后逐步扩建，形成"大学因城得名，城因大学而荣"的局面，最终成为彼此相融的大学城。

遥想昔日林徽因同徐志摩在康桥边吟诗，牛顿坐在校园那棵苹果树下顿悟，以及罗素、达尔文、霍普金斯等人在校园的教室中认真听讲，严肃钻研，不禁感叹这所学校造就了世界上各个领域的众多顶尖人才。剑桥大学的优质师资和治学严谨的风气造就了这些为人类文明做出贡献的人物，反之，这些伟大人物一步一步、一代一代成就了剑桥的荣耀。真正有抱负的求学者来到剑桥大学，并非为了追求名校的赫赫声威，而是为了提高自己的专业水准。他们严于律己，不断挑战自我，要放弃诸多的舒适方能不断突破，扬名立万。身处名校并非惹人艳羡，值得敬佩的是能让名校以之为荣。这些名

时间的体积

垂青史的莘莘学子必定拥有准确的目标和定位、不断上进的心态，以及毋庸置疑的学习能力，这些，才是值得我奋斗和努力的目标和方向。

  名校培养出来的毕业生顺理成章地应是国之重器、世界之栋梁。其实，改变世界并非想象中的那么难，往往只始于对某个司空见惯现象的小观察和小思考，就像牛顿之于树上掉下的苹果，瓦特之于烧开的水壶盖。以小见大，从身边不起眼的小事做起，滴水穿石，就像特丽莎修女对慈善事业的坚持，最终开出了一朵夺目耀眼的花朵。

  改变人类的未来，从小事做起，从细微的思考开始，是名校人应有的抱负和情怀。

巨石阵

没有人知道它们从何处来,亦没有人知道它们到何处去……

连绵的丘陵上伫立着一片错落有致的巨石,天空低沉沉地压下来,为巴斯城罩上一片神秘莫测的面纱。巨石阵位于伦敦正西方,每年吸引着成千上万的游人,慕名而来的参观者皆惊叹于其伟大壮丽的奇景。

巨石阵建于公元前三千多年,是欧洲著名的史前文化神庙遗址,在当时可算是极其精妙的建筑作品了。宏观粗览,巨石阵是由几十块数十吨的巨大石头堆筑、排列而成的残缺主体,摆出一些看似莫名其妙的造型。起初,我只是感叹在没有现代起重设备的远古,将巨石摆出这样的阵势实属不易;但细究巨石阵博物馆中的还原品发现,它们其实在向我们诉说着高深莫测的远古秘密。

巨石阵曾是一座十分壮观的神庙,每一块巨石平均重达三十吨左右,灰色的石体已经风化得千疮百孔,布满了大小不一的空洞,形状也都是不规则的。走远再端详,巨石阵就显得不一般了——巨

时间的体积

大的石块横竖相叠;周边几座门形石阵不规则地排列,互成不同的角度;中央围合着几块更大的巨石独自站立,似乎呈现着某种密码。这时,天空布满阴云,太阳只能从云层空隙透出几道微弱的光线,整片天空灰蒙蒙的。在天地相交之处,郁郁葱葱的草地向近处延伸,覆盖了视线内的所有土地。在暗淡的光线和盈盈绿草的衬托下,石阵散发着古老的气息。此时此刻伫立于此,颇有一种穿越回史前的感觉。在刀耕火种的年代,古人年复一年为这奇特而神圣的建筑忙碌着,为自己的信仰付出着。古人超绝的智慧、持久的精力和长久的付出,令每一位站在巨石下的游客喟叹不已。

巨石阵的外观着实震撼人心,而更令人叹服的则是别具匠心的设计。这片巨石不仅在建筑学史上地位超然,在天文学方面也具有同样重大的意义:这绝非普通的神庙,它的设计与节气的日出日落有着密切的关系——如果在立夏、立秋之际站在巨石阵的中央观察,那么,中间突兀站立的一块石头正好指向这两天日落的位置,旁边的另一块巨石则恰好指向立春和立冬两天日出的位置。而在冬至和

夏至，落日的阳光则会不偏不倚刚好穿过中央的石头拱门，透过三角形的门洞发散出璀璨的光束。因此，有学者认为早在建造巨石阵的时代，人们就已经把一年分为八个节气了。

  与此同时，巨石阵还可以记录月亮的运转周期，有预测日食和月食的功能。人们猜测，崇拜日月的远古人类建筑神庙很可能是为观测天象，并且对日月运转已有了初步的认识。巨石阵可以算是最早的天文台雏形了。甚至还有一位研究巨石阵的天文学家说，建造它的前提是要完全了解太阳系的构成，而今人认识太阳系的时间远在巨石阵时代的几千年之后。

  远古人类难道真的已经掌握了如此先进的知识？我不禁心潮起伏，如果史前时代有文字记载该多好，那些关于巨石阵的神妙研究成果都能为后人所知。那么，哥白尼可能就不会因为提出日心说，而被误解为异教邪说，被活活烧死。抑或，巨石阵是那些比我们拥有更多先进文明的外星人造访地球时所建造？目前，还有太多谜团无法解开，等待着我们去进一步学习和发现。

时间的体积

泰晤士河美景

　　泰晤士河是英格兰的母亲河,她的入海口是商船必经之处,永远繁忙而有序。上游的河道则躺在安逸的自然怀抱中,静静流淌,缓缓展示着自己的美丽。

　　徒步游览伦敦后,我终于在一个黄昏时刻来到这举世闻名的河畔。橙红色的夕阳已不再扎眼,只淡淡地温暖着伦敦城,水平如镜的泰晤士河反射着温柔的余晖,试图将美丽升华。河面金光灿灿,好像一伸手就可以从水中捞出闪亮的金币,而且还沾染了一捧暖洋洋的橘色光晕。

　　河面不单有阳光,还有塔桥和"碎片"大楼、军舰"贝尔法斯特"号,以及对岸繁荣的现代都市倒影。那该是水下的伦敦吧!波光模糊了镜像,只有点点星火依稀可见,给这座繁忙的城市平添了一股耐人寻味的气韵。忙碌的泰晤士河上时而游过几只闲庭信步的大雁，时而驶过载满乘客的各色船只。河水太过清澈，大雁和船只的身下映出了一模一样的身影。清风拂过水面，荡起一片片涟漪，倒影皱了，碎了，融入河水，却在倏忽间恢复原样，曼妙不已。

我将视线从河水处挪开，但见夕阳笼罩下散发着复古色调的伦敦胜景——塔桥。花岗岩和钢铁建成的塔桥方正敦厚，古朴的建筑风格一览无遗，远远望去如同两顶高贵的皇冠。

当我用相机快速记录下这黄昏的美景之际，太阳已着急地消失于地平线。不一会儿，所有建筑的灯火也相继亮了起来。这是我第一次欣赏伦敦的夜景，才知原来夜幕下的伦敦竟有如此魅力——漆黑的天空像是拉上了墨蓝色幔布，只有遥远的星月还在不停地闪烁，巧笑嫣然。塔桥的灯光十分明亮，白色的光线射进河水，将近处波光粼粼的水面照得通亮。我不禁啧啧称赞：多么美的伦敦，多么美的泰晤士河！

美丽的泰晤士河哺育了灿烂的英格兰文明，虽然不算长，但流经之处都是该国文化精华之所在。伦敦最主要的建筑均沿河而建，诸多名胜也分布在河流两岸，也正是这条河使伦敦成为世界上不可多得的良港之一。

英国人热爱他们的母亲河，正如政治家约翰·伯恩斯所说："泰晤士河是世界上最优美的河流，因为它是一部流动的历史。"河水见证了大不列颠的兴衰荣辱，英国人热爱的不仅仅是沿河的美景，更是英伦半岛永远不灭的不列颠精神。

探索大不列颠

大不列颠王国作为世界上第一个工业化国家，率先完成了工业革命，揭开了人类历史的新篇章。十八世纪至二十世纪初的英国国力鼎盛，统治领土跨越全球几大洲，被称为"日不落帝国"。如今，老骥伏枥，它依旧是全球范围内影响力巨大的国家，不仅是世界七大工业国之一，也是联合国五大常任理事国之一。这些都是为人们所熟识的。通过这次旅英，我发现了更多关于这个国家的细节。

第一天来到爱丁堡，我就收获颇丰。爱丁堡市是苏格兰首府，苏格兰国家博物馆屹立城中。博物馆内的藏品讲述着有关这个世间的精彩故事，传达着苏格兰人对世界的看法。除了包罗万象的藏品，馆内还有很多互动设备可供参观者体验。这些设备是根据某个或某一系列展品，巧妙设计出简单有趣的游戏，以电子屏、机械装置或

时间的体积

拼插模型等方式呈现给参观者。从十七世纪的时装设计改制到人类各种性征的遗传性，从热气球的升空原理到动、静滑轮的力学特征，海量的信息铺天盖地，令我雀跃不已，应接不暇。

　　参观博物馆本是一件极耗体力的事情。博物馆通常空间大，且涵盖知识面广，参观过程中需要认真地阅读思考，对体力和脑力都是很大的考验。而这种可以"玩起来"的互动设备增强了参观的趣味性，使那些看似枯燥的知识变得灵动可人，易于接受理解，也不再令人感到疲劳。"高冷"的知识可以被触摸到、感受到，瞬间变得轻松有趣，不再遥不可及。

— 探索大不列颠 —

本来，对孩子来说，参观博物馆是一件较为吃力的事情，以我五岁的妹妹为例：她总在参观伊始兴致盎然，随着越走越疲惫，开始对各色展品意兴阑珊，最终的收获也不多。有了上述那些妙趣的设计，小孩也会觉得博物馆很"好玩儿"，有兴趣去了解更多的展品，逐渐对积累知识建立起热情。在游戏中掌握科学道理，这种启迪方式无形中培养了孩子的思考力和创造力，未来世界的精彩可能就是从这一次次的"博物馆玩乐"中创造出来。

时间的体积

　　其实，不单苏格兰国家博物馆有这样的设备，其他国家的博物馆也有相似的配备，但英国的博物馆在这方面做得更为突出，也更吸引眼球。这里的博物馆均经过精心设计，各有特色，妙趣横生，并且全部免费开放，有利于培养孩子从小爱学、勇于创新的精神。也许正是得益于这样的体制，英国才有了牛顿的万有引力和瓦特的蒸汽机等改变世界的发现和发明。

　　这一次旅行，我们从北到南细致地走过十多个英国城市，更途经很多小镇，乃至小村庄，由此发现了该国的另一个特点——不论现代大都市或乡下小镇，甚至一个规模不大的村庄都会有至少一家书店。实际上，一个乡村小镇就有可能有好几家。在大城市，几乎每条主要街道都设有书店，且规模较大的书店很多，也有一些古董书店，这在我曾走过的国家中从未出现过。每家书店内的顾客都不少，不是在细心选书，就是抱着两三本准备结账。

不仅如此，在伦敦乘坐地铁时，也随处可见手捧纸书或电子书入迷阅读的乘客。此前，我已听说英国人迷恋阅读，这次身临其境，更为深切地感受到了这一点。难怪英国文学享誉全球，成果颇丰，并涌现了为数不少的"平民作家"，像J.K 罗琳和毕翠克丝·波特等。这些作家大多儿时家境一般，但在"全民读书"的环境下成长，即便物质匮乏也会因阅读而精神富足，尔后，他们踏上写作之路，以精神财富作为铺路石，带领更多的人爱书、读书。

这样的氛围势必促成良性循环。相当多的英国人在这样的氛围下都会开启阅读模式，为自己增加文化储备，国民文化水平得以随之提升，人们在各行各业都拥有出类拔萃的能力，为本国带来更多的作品和发明……

以上只是我注意到的英国的几个小特点。耳濡目染的一切令我对他们的日常生活有了初步的了解。这个国度的子民创造了独特的英伦文化，作为世界上的"老牌绅士"，英国有着举足轻重的影响力。

英国作为大西洋中的岛国——一个土地贫瘠、物产并不丰富的国家，甚至文明的出现也晚于欧洲大陆国家。可她如何能够后来者居上，做到厚积薄发，一度称霸全球，成为"日不落帝国"的呢？这和我发现的那些细节息息相关。

英镑是汇率最高的币种，这足以证明英国是资深的发达国家。不过在英国内部，不同地区的发展差异巨大。如苏格兰的某些地区荒芜老旧，并非如外人所想那般富有，经济实力与英格兰相差甚远。想要探究关于这个兼具传统和现代的国家更多的内容，还需要我们沉下心来，细细观察，慢慢品味。

条条大路通罗马 I

沉浸在葡萄酒中的小镇

"暮光之城小镇"沃尔泰拉,一座布满酒窖和葡萄酒经销商的城市。任何一个来到这里并品尝过葡萄酒的人,都会被那甘醇可口的美妙滋味深深折服。

葡萄酒不愧是历史最悠久的酒种。据说在公元前600年的波斯地区,也就是如今的伊朗所在地,人们就开始酿造葡萄酒了。真正有文物可考的例证是埃及出土的陶罐,上面雕刻着古埃及人酿制葡萄酒的步骤。

意大利作为世界上最大的葡萄酒产地之一,年年都有数不胜数慕名前去品酒、购酒之人。一个又一个葡萄园和葡萄酒庄就散布在地中海的海岸线上。

时间的体积

希腊是欧洲最早开始种植葡萄与酿制葡萄酒的国家。葡萄酒逐渐成为国民日常生活中不可或缺的部分，也是商业贸易的主要货品之一。葡萄酒不仅作为货物参与贸易，还成为希腊宗教文化中的一部分。希腊人通过举行葡萄酒庆典来表达对神话中酒神狄奥尼索斯的崇拜之情。

公元前六世纪，希腊人把葡萄栽培和葡萄酒酿造技术传授给高卢人。尔后，葡萄酒经由罗马人之手传遍了全欧洲。

这些拥有悠久历史的酿酒大国被称为"旧世界国家"，主要包括法国、意大利、西班牙等；而美国、加拿大、阿根廷、澳大利亚等葡萄酒酿造国家则被称为"新世界国家"。

葡萄酒文化极为丰富，品种繁多。按照酒的成色来分，有红葡萄酒、白葡萄酒及粉红葡萄酒三类；按照酿制方法则分为葡萄酒、气泡葡萄酒、加烈葡萄酒和加味葡萄酒四类。每一类又有更细致的划分。

红葡萄酒是最为普及的葡萄酒，由葡萄连皮和汁一起混合发酵而成。酒液呈现自然的红色，或略有色差，只要不出现褐色，均符合酿制标准。红葡萄酒在发酵时，葡萄果皮、果肉、果核三者须共同进行，发酵时间在几天到三周不等，如此，方使酒液色、香、味俱全。再将葡萄皮分离出去，令其继续在酿酒桶中发酵，最后便可装瓶出售了。

— 沉浸在葡萄酒中的小镇 —

　　葡萄酒不仅是商品性的货物，更是人类智慧的结晶与文化的积淀。从不同的原料配备到不同的酿造方式，皆是经过千百次锤炼后的经验之谈，最终得以发展出成熟的技术。有人说"吃喝玩乐"都是偏门的消遣，殊不知，每一种食品和饮品的形成都是文化的体现，从中可以分析出其产地的地理特征、气候条件、社会状态等。喝茶或喝酒，吃米饭或吃面条，每一种食物的出现都可寻根溯源。

　　来到沃尔泰拉小镇，你会被葡萄酒包围，整座城市似乎都沉浸在酒液中，连石板路上也浸润着葡萄酒的香气，沁人心脾。深嗅一下，仿佛能体味出百年前酿酒人的真心实意和他们所缔造的神奇味道。这味道随着历史的传承流淌至今，在每一位造访沃尔泰拉的游客心中刻下深深的印记。

辉煌罗马,民主的雏形

时间的体积

上千年的历史沉积在这里，古罗马文明的起源在这里，无数的战争发生在这里——罗马，一座拥有辉煌历史的名城，始终傲立于民族之林。

都说"条条大道通罗马"，不如说是"条条大道源罗马"。罗马不仅连接了四通八达的交通线，也将自己独特的文化传播至世界各地。

这里随处可见上千年前的古代遗址，被誉为全球最大的"露天历史博物馆"。信步于城中的石板路如同踏在历史的长卷上，追随着这座城池昔日无比辉煌的身影，竟予人一种豁然开朗的感觉。

露天竞技场堪称公共建筑的楷模，至今已有近两千年的历史，是古罗马文明的象征。在这里可以见到古罗马建筑中最基础、最有创意的结构之一——拱券结构。整个竞技场呈椭圆形，高约五十七米，能同时容纳九万名观众，这在当时几乎是全城的人口了，真是难以置信。即便放在今天，这样的建筑体量也算得上一个浩大工程了，何况在当时的条件下能营造出如此气势磅礴的规模，实在令人叹为观止。

古罗马留下的遗迹多为公共工程，竞技场、万神殿，还有一些公共浴场、引水排水系统等。值得一提是，有些两千年前修建的城市上下水系统至今还在正常使用，不可思议。这些工程充分考虑到大多数市民的实际需求。其实在城市建立初期，决策者就兼顾了市民居住的舒适度以及城市的美观度，不以皇权的淫威逼迫人们在此定居，而是以城市自身的魅力和宜居性吸引大众来此居住，这与同期其他文明古国的做法有所不同。

时间的体积

有别于中国封建帝王强调君权神授，在古罗马，更多的是由公民决定皇帝的权力和地位，后者自然而然会尊重民众的意见，替民众着想。罗马皇帝无法掌握绝对的权力，元老院和罗马公民也有制衡皇权和表达意见的权力，由此，出现了民主的雏形。

其他文明古国留下的遗迹大多是皇宫或皇家建筑，而古罗马留下了很多造福公民的公共建筑。虽说这样的民主在当时并未完全成熟，却开启了新的纪元。现今的西方民主制度应是从古罗马的民主雏形中发展出来的吧？

这里没有高高在上的皇室贵族，也没有太过分明的权力区分，所有公民都可以享受城中的各项基础设施，城市的建设充分考虑了多数市民的需求。古罗马的文明以其包容的民主和人性化的制度设施在千百年后依然征服着每一位仰慕者。

古罗马，欧洲文明的发源地，西方民主雏形的摇篮。

不系之舟

罗马的竞技场

时间的体积

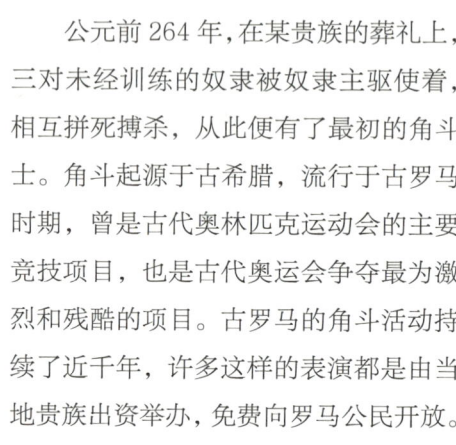

公元前 264 年，在某贵族的葬礼上，三对未经训练的奴隶被奴隶主驱使着，相互拼死搏杀，从此便有了最初的角斗士。角斗起源于古希腊，流行于古罗马时期，曾是古代奥林匹克运动会的主要竞技项目，也是古代奥运会争夺最为激烈和残酷的项目。古罗马的角斗活动持续了近千年，许多这样的表演都是由当地贵族出资举办，免费向罗马公民开放。

角斗出现两个多世纪后，随着活动的规模越来越大，角斗项目也不断翻新，角斗场地逐渐升级，并且出现了专门训练角斗士的学校。角斗士一般要经过六个月的训练才能登场表演。此外，角斗士都是社会最底层的奴隶、战俘或犯人，当然，也有少部分人自愿成为角斗士。古罗马时代，角斗士没有公民权利，获得自由的唯一方式就是在大型角斗竞技中取得胜利，得到皇帝赐予的橄榄枝和一把象征自由的木剑。这成为所有角斗士的目标。角斗士在当时是如同明星般的存在，人们崇拜他们的骁勇善战和无穷的力量。然而，这种欣赏却是充满病态的。角斗士们的性命搏杀成了自由公

不系之舟

民和贵族们茶余饭后的谈资,生命转瞬间灰飞烟灭,竟也沦为一种津津乐道的消遣。角斗士们命不由己,观众的呼声和皇帝大拇指的方向决定了他们的生死。

当时,在罗马帝国的大城市几乎都设有竞技场。这些竞技场不仅用来进行角斗士表演,还被用作动物狩猎表演

时间的体积

和处死犯人的刑场。位于罗马市中心的斗兽场在是彼时世界上最大的圆形竞技场,如今已成为罗马市的著名古迹和地标。该斗兽场设计精巧、体量巨大,是皇帝为取悦凯旋的将领士兵,同时为赞美伟大的帝国而建造的。当时权力阶层对此项活动的热衷可见一斑。

距离角斗士的年代至今已有千余年,尽管这种凶残的娱乐活动业已消失,但"杀戮"的本性依然存于人们心中。很多时候,我们还是习惯用暴力决一胜负,甚至发动战争来解决问题。如今,在世界大同的语境下,可以采用更多和平的方式来化解矛盾,谈判或者贸易都远比战争积极,也更具人性化。

人类应该更为主动地掌握自己的命运,尊重每一个生命,扼制"杀戮",促进人类的和平、进步与发展。

美第奇家族

作为对欧洲文化艺术做出极大贡献的名门望族——美第奇家族,他们本是一名骑士的后裔,起初以药剂师为业,后来,家族财产愈发庞大,买下并世袭了托斯卡纳大公一职。

虽不能说是美第奇家族造就了文艺复兴,但若没有美第奇家族,欧洲的艺术绝不会像现在我们所知的这般辉煌璀璨。达·芬奇、米开朗琪罗、拉斐尔、提香、波提·切利等,这些我们耳熟能详的文艺复兴时期的杰出画家无不受到了美第奇家族的资助和扶持,该家族堪称这些艺术大师的"强大靠山""幕后推手"。

文艺复兴时期,美第奇家族的掌门人是洛伦佐·美第奇。他十分支持人文主义思想,也支持文艺复兴的发展方向,资助了多位天赋异禀的艺术家,为其安排导师,并提供画室和画材。比如,洛伦佐独具慧眼,最先注意到了才华横溢的米开朗琪罗,在他十几岁时

时间的体积

就进行精心培养，并安排技艺高超的导师为其指导，这样的环境和资源对一个少年的艺术技法和创意影响可谓举足轻重。尔后，这些资质不凡的画家不负众望，基本都成了文艺复兴时期的骨干力量，达·芬奇、米开朗琪罗和拉斐尔更赢得了"文艺复兴三杰"的名头。由于洛伦佐治理城市有道，对文艺复兴贡献如此之大，与其同时代的佛罗伦萨人称他为"伟大的洛伦佐"。

现今我们看到的很多优秀的艺术品都来自美第奇家族的收藏。

意大利在中世纪及以后的一段时间里，主要为家族统治城邦，这样的统治为侵略、掠夺和腐败提供了可乘之机，各个家族都渴望有成员出任教皇，以此谋取名利。这是当时很多家族的生存方式。他们都处于《礼记》所说的"修身，齐家，治国，平天下"中"齐家，治国"的阶段。各位领袖的个人修养也反映在他们的行为上。当时，欧洲的多数家族不只注重个人利益，同时也关注科学、文化、艺术的发展，对整体族群的进步、家族在民众中的形象及城邦间的良性竞争都有所考虑。这从美第奇家族支持达·芬奇等艺术家在文艺复兴运动中的行为就可见一斑。

回望中国历史,自秦始皇一统天下以来,始终都是中央集权国家。这在某种程度上导致文化出现相对的断续性。一个新朝代的统治阶层很可能会否认前朝的某些文化成果或做法,毕竟"成王败寇",后继朝代的统治者都不愿将前朝诋毁自己的历史记录留存,如上至秦始皇的"焚书坑儒",下至清帝组织编写"四库全书"对部分经典有所摒弃的行为等。此二者为了统治的便利,销毁了大量思想经典,既没有顾及文化思想的多元化,亦未考虑民族文化发展接续的问题。

我们不仅要保证国家的强大富足,更应重视文化的软实力建设和输出。我们不仅要做经济强国,更要做文化强国。

时间的体积

在佛罗伦萨感受文艺复兴

佛罗伦萨是一座美丽而富饶的城市。雄伟的圣母百花大教堂、藏品丰富的乌菲兹美术馆、收藏名作《大卫》的学院美术馆皆坐落于此。这里既是文艺复兴的发源地,也是欧洲文化的发源地之一。

发生在中世纪晚期的文艺复兴是西欧近代三大思想解放运动之一。新兴的资产阶级不满当时基督教教会对精神思想的控制,提出以人为中心替代以神为中心的观点,认为人才是现实生活的创造者和主人。

中世纪的艺术品都是单一的宗教主题,由此可见基督教教会的巨大影响力。遂有人将该时期称为"黑暗的时代":教会建立了一系列的等级制度,"视上帝为一切"的宗教思想极度束缚着大众的思想;教会甚至要求人们严格遵从《圣经》的教义生活起居。这样严苛的封建管理也使欧洲的文学、艺术发展举步维艰,黯然失色,被压抑许久的欧洲人民终于忍无可忍了。于是,倡导人文主义精神、反对封建神学思想的文艺复兴运动开始了。

不系之舟

时间的体积

该时期出现了很多文豪和优秀画家以支持人文主义思想，随之而来的便是至今在文坛及艺术史上光彩夺目的传世珍品。

米开朗琪罗是"文艺复兴三杰"之一。他热爱雕塑，并认为雕塑是表现人体结构最直接、最恰当的方式。举世闻名的大理石雕像《大卫》就是他于该时期创作完成的杰作。这尊雕塑神态生动，目光坚定地凝望着远方，仿佛胜利就在眼前。人物的躯干线条流畅有力，彰显出结实的肌肉和健壮的体魄，令整尊雕塑充满动态，好像下一秒就会向前迈出自信的步伐，投入战斗。该作品被后人视为雕塑界的楷模，其五官和头部都被复刻成石膏像，供世人学习绘画技巧。米开朗琪罗塑造的绝不只是一尊栩栩如生的雕像，还是文艺复兴人文主义思想在艺术上的充分体现：它赞美人体，崇尚正义和力量。

文艺复兴为欧洲社会找到了精神与物质追求的平衡点。后来，欧洲文化一路高歌猛进，以包容、传承和创新壮大自己的生命力。这种传统一直保持到现在。

信仰使人虔诚，督促人们多做善事、谨言慎行，而物质追求可以令人上进，过上更好的生活。掌握好精神文明和物质文明之间的比例至关重要。人类在追求更好生活的过程中，一定要秉承基本的道德理念，有所为而有所不为。凡事皆有度，过犹不及，那是几千年前孔子说的话。今天看来，这仍是国家、社会、文化正向发展的大智慧。

Fourteen

十四岁 ▼

Years old

条条大路通罗马 II

水城之韵：
当阿姆斯特丹遇上威尼斯

以水为灵的城市有几多？我想，最负盛名的当属"水上城市"之代表——威尼斯与阿姆斯特丹。

说起水城，人们首先想到的是威尼斯的美景，但是再往西北看，荷兰首都阿姆斯特丹也丝毫不愧对"水城"之名。有人说"阿姆斯特丹足以和威尼斯相媲美"，依我看，这话有失偏颇，尽管两座城市共同点有之，也都是水城中的佼佼者，风韵却大相径庭，用"媲美"一词未免欠妥。

先说相同之处。何谓水城？顾名思义，必定是建于水上的城市，"因水而生，因水而美，因水而兴"。阿姆斯特丹和威尼斯均将"傍水缠绵"发挥到了极致。

再说不同。平心而论，古往今来，威尼斯胜过阿姆斯特丹很多。前者的历史相传始于公元453年，而后者在上一个千年之初才刚刚被冒险者发现，同期的威尼斯早已发展出港口，为日后成为欧洲最繁忙的港口城市打着基础。两座城市繁盛的起点整整相差了五个世纪。

历史的差异致使两座城市的建筑风格也迥然不同。威尼斯的建筑是欧洲古城常见的古罗马、拜占庭风格，以及文艺复兴时期的哥特式和巴洛克式；当然，在众多建筑风格的影响中，也形成了属于自己的威尼斯风格，即整体石材呈现白色，房屋外形敦厚，专注于屋檐墙壁上的精雕细琢，以圣马可大教堂、圣母安康大教堂等宗教建筑为代表，它们往往比普通建筑的工艺更为繁复精细。

威尼斯的另一种建筑文化是"桥文化"，整座城市共计四百余座桥梁，大小不一，横跨纵横交错的水道之上。这些桥千姿百态，不乏名声大噪者，如叹息桥、学院桥、宪法桥等。它们不仅点缀了城市，更见证了这座城市的成长和发展。

而历史相对不长的阿姆斯特丹老城同样拥有巴洛克式、文艺复兴式建筑，新城区则以新艺术风格为主，但仍和老城区保持相对的一致性。相较威尼斯，这里的建筑更为简朴，多以砖或深色石材为料。这座城市经历了从渔村到大都市的变迁，建筑也是其历史发展的缩影。由于土地不足，土地税十分高昂，每家每户只得把房子建得瘦高，一幢紧挨着一幢，整座房子的宽度只比大门略宽一些。坐船游城时，感觉最明显：河两岸的房屋高高耸立，有簇拥之感，每栋房子都不及普通房屋的一半宽度，且两栋之间没有丝毫空隙，整齐地一字排开，颜色却各不相同，砖红、炭黑、深灰、浅粉皆有涉及。

时间的体积

有些房子明显已向一边倾斜，其旁边的屋舍也依次列队倾斜，直到该街区的最后一栋，这多米诺骨牌般的倾斜之势才戛然而止。仅是旁观，已感到心惊胆战，好担心不知哪一栋房子撑不住了，就会"忽喇喇似大厦倾"，留下一片狼藉。如此看，此处的建筑就少了威尼斯的大气磅礴，显得有些逼仄拥挤了。

另一方面，与威尼斯或与意大利别的城市相比，阿姆斯特丹的教堂数量少之又少，转遍市中心，也没见到一座独特的大教堂。这或许是此地具有包容性和多元性文化造成的结果。想来，此处信仰天主教的民众比例一定不及意大利各地。

同为水城，威尼斯和阿姆斯特丹给人的感受大不相同。身处威尼斯，目光所及之处是行色匆匆的学生和信步闲逛、拍照留影的游客，后者尤其多。整座城市复古优雅、悠然恬静，水中荡漾的不是载着观光客的贡多拉，就是载满乘客的交通船，绕城走走便能从行走的游人和街边的纪念品店看出这是一座旅游城市。而阿姆斯特丹则更加多元化，它并不过分沉溺于《月光小夜曲》的悠长与怀旧，每一条街道、每一块砖瓦无一不流露出古典与现代共生的气息。很难说清楚，阿姆斯特丹到底是岁月静好的古城，还是纸醉金迷的华丽都市，它就像一颗被精心打磨过的钻石，瑰丽且多面。当你前一刻还在寂静的街巷中漫步，下一个转弯可能就来到了霓虹缤纷的购物街。

不论是威尼斯的淡淡古韵，抑或阿姆斯特丹的八面玲珑，都惹人沉醉。前者有蜿蜒曲折的水巷，有徐志摩笔下忧伤的叹息桥，有浴火重生的凤凰歌剧院，有雄伟的文艺复兴和拜占庭式的建筑，有欧洲的客厅——圣马可广场，还有精致可人的贡多拉……这里是文艺复兴的重镇，产生过历史上最重要的画派之一——威尼斯画派。城市昔日的光辉岁月通过保存完好的建筑延续至今，现在仍笼罩着浓浓的历史气息，任由凭吊。

阿姆斯特丹则拥有浪漫宽敞的运河、秀色可餐的郁金香、随处可见的自行车、珍贵的艺术藏品，以及心胸开阔、乐天热忱的居民……吸引着来自世界各地的朋友。

威尼斯的水天一色，带来的是诗情画意，就像遍布其间的水巷，蜿蜒多情，耐人寻味；阿姆斯特丹则是集"随性、自由、宽容"于一体的活力城市，一如城中的运河，明朗，开放，蓬勃有力。

同样的水给予两座城市迥然不同的文化。同为"水城"，却散发着截然不同的气质与魅力。这是游客们的福气，大家各取所需，鱼与熊掌可以兼得。

时间的体积

乘贡多拉游威尼斯

谈起巴黎，人们联想到埃菲尔铁塔；讲到纽约，自由女神瞬间跃入脑海；而提起威尼斯，我们眼前必然浮现出纵横交错的水道上摇曳的贡多拉。贡多拉就这样成了威尼斯的象征。

午后时分，我们一家乘上总督府前小码头的一艘贡多拉。这真是一种很美的船，船体曲线优美流畅，船头和船尾自水面高高耸起，船身则与水面平行。船体内部比我想象得宽敞许多，最多可容纳六人。

不系之舟

时间的体积

　　刚刚坐稳,船身便轻巧地从狭小的木桩船位退了出来,随水浪轻轻摇晃,一个转弯,向前划去。驶至颇负盛名的叹息桥时,游人们争相与船只合影,我们和贡多拉变身为威尼斯一道独特的风景。但不等他们站好,小船已划入水巷中。马克·吐温说这威尼斯的小艇"像挂在天边的新月,行动轻快灵活,仿佛田沟里的水蛇",果不其然。船夫站在船尾,用一根长桨撑着船,潇洒地操纵着它,甚至单手也能收放自如。这小小的贡多拉紧贴着水道两侧的墙壁前行,总是让我担心船身就要和长满水藻、青苔、贝壳的石墙亲密接触,却一直没有迎来想象中那轻微的碰撞。

不系之舟

时间的体积

贡多拉在幽长狭窄的水巷中摇曳着，穿珠般地划过一座又一座各不相同的小桥。我们跟往来船只上的乘客互打招呼，向桥上的游客摆手，总有说不完的话题。两岸都是古老的欧式建筑，或为民居，或为博物馆，清澈深邃的水中倒映着和它们一模一样的身影，那里面会不会也住着人呢？

有时不经意间眼前会出现一个转角。我思忖着船夫大概会早些转向，但直到即将驶入转角，他才轻轻划了下木桨，于是，这五六米长的贡多拉就听话地、分毫不差地拐入下一条狭窄的水巷。

低下头，船身悠悠荡漾着的不是我想象中湛青透明的海水，而是一种幽幽的深绿。阳光下，水纹会泛着乳白色，点点光芒晃得人些许眼花，是"海水那么绿，那么酽，会带你到梦中去"的感觉。

我沉浸于这文化丰富、景色明媚的"海中之城"。身处电影般的画面，乘着古老的交通工具在蜿蜒的水巷中摇曳，感受着威尼斯特有的风情。也多亏对这海中之城的保护，才得以保留这独特的交通方式和精湛的船技，让这独特的美景有机会展现于世界面前。

威尼斯的美就这样随着贡多拉一起，划啊划，划进了我心里。

圣马可大教堂

过往的印象中,威尼斯于我是一座遍布水道的浪漫之都和曾被称作"海上霸主"的强盛城邦,或许再加上"盛产"奸诈的威尼斯商人,以及曾与中国有过交集的马可·波罗。然而,此行扭转了我的浅显认知,促使一个十三岁的女孩思考了很多。

当我通过一条幽暗狭窄的走廊,由周边小巷步行至圣马可广场,顿时豁然开朗。一座水上城市竟也坐拥这般气势磅礴的广场,出人意料。正如朱自清先生所说,"威尼斯最热闹的地方是这儿,最华妙庄严的地方也是这儿。"即便淡季,广场上依旧熙来攘往。最先映入眼帘的是那座既是钟楼又系灯塔的建筑,不加任何累赘地笔直矗立在广场一角,乍一看,比欧洲很多大广场的钟楼来得简洁,却更加气宇轩昂。

时间的体积

继续往后挪移视线,我不禁由衷赞同拿破仑给予这座广场的称号——"欧洲最美丽的客厅"。面前是一座宏伟的教堂。不算大的圣马可广场足以给人震撼之感,可能正是因为这座大教堂坐镇,人们说"圣马克堂是方场的主人"。阳光下,熠熠夺目的"洋葱头"大拱顶是典型的拜占庭范儿,但尖拱门和栏杆又分别带有哥特式和文艺复兴式的风貌。可见,圣马可大教堂是整整七八个世纪建筑艺术的集大成者。教堂外观的点睛之处就是拱门上方的五幅镶嵌画,将金、蓝、红等颜色拼合一起,构成描述圣马可事迹的完整画面。画幅大面积使用金色,恰到好处地中和了教堂整体单一的白色主调,赋予教堂更为神秘而庄严的气氛。

细细端详才发现,最让人喟叹的是教堂外墙的石雕——竟是由不同色彩的天然石材雕刻而成。看得出,设计者精挑细选了石材的色彩和纹路,并巧妙搭配,独具匠心之余,又不失华丽庄重。威尼斯画派的重要特点是色彩艳丽丰富,这在建筑艺术方面也体现得淋漓尽致。在欧洲,教堂的设计和规模直接代表了当时的社会发展水平。我走过的教堂也不下百十座了,虽各有各的可取之处,却没有一座可与圣马可大教堂相比拟。米兰大教堂固然规模更大,但纯白色的石材外观显得过于单调;圣维塔大教堂过于风尘仆仆;甚至作为天主教中心的梵蒂冈圣彼得大教堂的装潢也只是"大气有余,精巧不足"。

相比外观,教堂内部的设计除了要给人带来强烈的视觉冲击力,更要能引发心灵的震撼,这要求设计者对宗教要有

时间的体积

透彻深刻的理解。我带着期待的心情踏入教堂，首先看到阳光透过彩色玻璃投射到地面，拉出一重又一重彩色的光影。之所以色泽如此亮丽，是因为这里的地面是由几十种颜色不同、品种不同的天然大理石拼花组接铺就，为教堂内部的肃穆气息平添了一丝活力，也使镶满金箔的圣坛画和屋顶彰显出夺人心魄的神圣意味。我不禁有些愕然，这样庞大的工程究竟需要多久才能设计完成，并最终以如此美轮美奂的姿态展现在世人面前？仅是打磨那一小块一小块形状不同的拼花地砖和利用大理石天然纹路设计的墙壁画面，就要花费几百年的时间，更别提动用成千上万的人力物力了。不得不承认，宗教建筑是所有建筑类型中最富创造力和文化价值，艺术性最高，投入最大、工期最长的了。

　　站在教堂中央，我不禁有些茫然。从中世纪到文艺复兴，长达一千多年的时间里，宗教真有如此大的力量鼓动人们以手工和最简单的装备，从平地一点点建造出这样浩大的工程吗？诚然，世界各地有人类的角落都存在不同程度的宗教信仰。我所困惑的是，宗教是如何在每个独一无二的国家产生，并传播、合并、发扬的？

　　读龙应台《孩子，你慢慢来》中的《神话·迷信·信仰》时，蓦然发觉作者讨论的正是那个困惑我长久的问题，只可惜她也没有给出一个清晰的回答；又或者，这样的问题根本就不像数学题那样拥有标准答案。宗教信仰作为一种精神需求，包罗了大量的神话故事，沿用了很多自古以来的仪式，其中不乏带有迷信色彩的。在讲求科学和实践的现代社会，仍有很多人以含有"神话和迷信"的宗教为信仰，不是不值得深思的。以科学的观点看，那些"神话和迷信"当然站不住脚，但作为信仰的一部分，它们似乎就变得崇高多了。

宗教作为一种精神信仰，或起源于人们幻想出的世外桃源，或只是古代帝王为方便统治编造出的种种，又或是人们面对难以理解的现象时给自己的一种说法。但随着时光流传，它渐渐成为一种精神向导，化身为信仰。人们心甘情愿为之投入大量的时间、精力和财富，设计建造了千百座如圣马可大教堂这样神圣又震撼人心的宏伟建筑，以印证内心的虔诚。

从沉思中醒来，我再度端详这一宗教圣地，发觉一直困惑我的有关神话、迷信、信仰三者之间关系的问题或许根本不重要。人们只是需要一种可以支持自己积极面对生活的力量，或是能给自己一种看清一切费解之谜的指引。当然，如果这种诉求被视为一种信仰，就更易被世人赋予较为崇高的意义，而被广泛地接受。

这样看，我所置身的便是艳阳下一座满载希望和信仰的建筑，它被人们称为"圣马可大教堂"，是欧洲的客厅，是人类精神世界的独特结晶。

时间的体积

手工艺的生命：
工匠精神

克雷莫纳，是意大利北部一座以制造高水准小提琴而闻名于世的小城。这里出品的小提琴价格是普通小提琴的千百倍，克罗莫纳的琴使——"小提琴魔鬼"帕格尼尼也对此爱不释手。可以说，这是一座改写了世界音乐史的小城。

我不禁好奇为何这里制作的小提琴如此出类拔萃？他们又是如何在批量工业化生产的竞争下立于不败之地的？我带着这样的疑问踏上了这座神奇小城的石板路。

放眼望去，克雷莫纳不过是座平淡无奇的意大利小城，但细细观察路边的小铺就会发现"小提琴之乡"的来头绝非浪得虚名。多数小提琴作坊门面不大，也无任何醒目招牌，若不注意便会错过。几十家作坊的玻璃门窗上都有联合国教科文组织认定的标志，可清晰地看到屋内类似的布局。橱窗里有数把精美的提琴，工作坊内却简朴如故，只是一张工作台和几把椅子，一盏台灯照亮工作台上杂乱放置的未完工的材料和各种工具。如果赶得巧，或许还能看到坐在桌前专心致志制琴的琴匠，全是最传统的手工制作。

"外面的世界变化与我何干？在克雷莫纳，一把好的小提琴就是全世界。"一位世代在此制琴的琴匠曾留下如此掷地有声的感慨。我不免觉得有些可惜，琴匠们可能一辈子都不会离开这座小城，不放下手里的琴，年复一年，按部就班地生活下去。匠人们显然不以为然，对他们来说，外面的世界从来都没有那么大的吸引力，这似乎就是真正的手艺人守护专注心境的惯常态度。

在克雷莫纳，制琴很可能是一个家族传世的职业。他们选择了制琴，就此做下去，一做就是几百年不断。人们把自己对提琴的热爱注入每一把琴中，如同干将莫邪的铸剑。整个城市都散发着非同

时间的体积

一般的工匠气息。由此，我也逐渐理解为何克雷莫纳可以制造出世界顶级的小提琴了。克雷莫纳的小提琴因这样执着的工匠精神，而有了批量产品不可能具备的生命力。近百位克雷莫纳制琴师的作品依然是表演艺术家、高级小提琴师和收藏家的不二之选。那些没有灵魂的工业化产品丝毫不能撼动克雷莫纳提琴的宗师地位。

之所以能够生产世界顶级的小提琴，除了持之以恒的延续与传承，还有赖手艺人坚持品质、保守本心的专业精神。三十年前，克雷莫纳成立了小提琴制造协会，协会始终强调当地手工制作小提琴的标准：每把琴必须手工完成；每把琴的最低制作时间不得少于220小时；每年每个工作室制琴的数量不得超过15把；琴身所用木材必须是在云杉、枫木和乌木中选择；整个制作过程，或至少最后阶段必须是在克雷莫纳的工作室中完成。表面看，这种规定实属严苛，但我相信，在本地制琴师眼中这些绝非限制批量生产的条条框框，而是原则问题。正是在一种精益求精、精雕细琢、追求卓越的工作状态下，才能造就质量、口碑双赢的顶级产品。在代代口传心授手工技艺的同时，当地琴匠也传递着耐心、专注、坚持的精神，这是优秀匠人必须具备的素质。这种素质的形成和发扬是现代工厂流水线所无法承载的。

放眼世界，许多具备"工匠精神"的企业往往都是行业里的翘楚，比如瑞士的手表制造业、意大利的服装等。这样的制造业是长久的，是难以被廉价的批量流水线产品所取代的。拥有"工匠精神"的手艺人绝不把制作当成赚钱的方式，而是保持对每一件经手产品的执着与责任心。

在克雷莫纳曾诞生了世界第一把小提琴，如今，它仍能站在世

界制琴业的巅峰，这在当今生产行业中是极少见，而且珍贵的。在科技不断的发展中，流水线作业的产量已远超手工制作，而成为最常见的生产方式，但如此程式化的生产必然谈不上什么工匠精神，成品也不再具有凝聚形神的特质。

　　也正因为流水线的兴起，很多传统手工业正在或业已消亡。以中国为例，瓷器、手工刺绣、木雕、玛瑙雕等，很多曾令国人引以为傲的独有的一流工艺如今逐渐没落，很多手工技艺面临失传的窘境。如何在工业化飞速发展的当下，仍保留并发扬传统的手工业？这的确是一个值得深思的问题，或许克雷莫纳的制琴业为我们提供了一个不错的答案。

时间的体积

米兰

米兰，闻名世界的国际大都市，时尚、设计的代名词。早在公元前，罗马共和国统治下的米兰就逐渐成为商业贸易大城。十四世纪，米兰公国土地广阔。文艺复兴早期，这个位于意大利北部的城市又成为运动的重镇，是达·芬奇曾经工作居住的地方。

在米兰的发展史中，除去几次瘟疫流行和二战时期的轰炸，可说是一帆风顺。这个美丽的城市在每一个时代都扮演着浓墨重彩的角色。在悠久的历史和文化陶冶中，米兰不知不觉沉淀下数不清的古老建筑、独特的人文文化和耀眼的艺术成就。于此处逗留四天，我感受到米兰与其他大都市的不同之处，这不是一座紧张、冷漠的城市，而是洋溢着温暖，人气爆棚，韵味十足。

米兰市中心屹立着圣洁恢宏的米兰大教堂；繁华奢侈的埃玛努埃莱二世购物长廊每日熙熙攘攘；闻名遐迩的斯卡拉歌剧院向世界展示着本国的歌剧文化；壮丽坚固的斯福尔泽斯科古堡见证着这座城市的绚丽历史……米兰拥有的不单是远近闻名的标志性建筑，每一个小街小巷亦有别样的情致。

时间的体积

我一直喜欢以步行的方式游览城市，乘车或挤地铁四处赶景点的感觉让人焦虑不堪，远不及用双足丈量一座城市来得感性。米兰街头的喧嚣予人清晰深切的都市触感，而背街小巷曲径通幽，时间在这里像静止了一般。当然，作为游客，我也会丈量景点间的距离，但绝无焦躁情绪，这一路处处是风景。即使走累了，内心依旧兴奋异常。慢慢踏着青石板路，细细揣摩米兰街景，与整座城市对话，思绪四处飘散。

　　现今，米兰在建筑、艺术、时尚设计、经济、足球、旅游、媒体等领域都位于世界前沿。试想，这样一座在诸多方面都有傲人成绩的大都市，是多少人心向往之的啊！建筑，是历史的产物；艺术，是人文的体现，这些成就都离不开米兰过往的辉煌。而其他成就则是"新产物"。米兰在飞速发展中，不但没有抛弃自己的历史文化，还与时俱进，在多个新兴领域做出表率。看到此般景象，我不禁深思，是什么让米兰能够始终出类拔萃？

　　看到别人的长处，回头审视自身，会有更多收获。经过历史和文化的沉淀，"取其精华，去其糟粕"才是有利于城市的发展的明智做法。

波托菲诺海湾

位于意大利西北部海岸的波托菲诺是一个著名的旅游小镇。这里拥有美丽的海景和海滨街区,吸引了不少欧洲名人来此度假。

寒假时,我和家人来到了这个闻名遐迩的度假胜地。此时正值意大利的旅游淡季,完全不用担心因人流拥堵而大煞风景。可惜天公不作美。我并未看到期待中的碧海蓝天,迎接我们的是昏暗的天空和潮湿的空气。港口并不大,只是小小一片海湾,颇有避风港的味道,水上还有零星几只小船随着海浪起伏。小海湾周围遍布色

时间的体积

彩斑斓的房屋,屋后青山依旧。放眼望去,房屋、高山、海水三色相映成趣,如画作般精致优美。

  我信步走向鹅卵石地面衔接的沙滩,像是被什么吸引住了一样。海水清澈透亮,循环往复冲刷着海滩。我弯腰靠近海滩,试图用手掌感受海水的冰冷,却久未等到海水的拥抱,遂而捧起被海水润湿过的沙子。沙子很重,我就这样捧着,仔细观察那粗细不一的

沙粒和夹杂其中的小石子，好像捧着的是最珍贵的宝石，是一整个世界……

我恋恋不舍地将手中的沙粒投入海中，一转头看见妹妹在海岸边奔跑着，听她欢快的呼声像是在寻找什么宝藏——其实不过是几片透光的碎啤酒瓶。我不禁黯然神失，她多像六七年前的我啊！那时，我也赤脚在广阔的沙滩上奔跑，努力留下自己的脚印，无忧无

时间的体积

虑的。如今，脚印早已不在，但我像是又回到了那片沙滩，体悟着与沙子玩耍的快乐。这是人生中一种最质朴、最简单的快乐。

尽管天气不尽如人意，这里仍是美好的，让我觉得最美的不是那一排排房屋，乃是眼前这片碧蓝的海水。波浪荡进我的眼睛，满眼都是海浪的波动。我第一次忽略了潮湿带来的不适，反而感觉与自然更亲近了。我在海滩上留下手印或写几个字、画几个图形，待海水冲刷后再重来，就好像小时候坐在海边堆一座沙堡，看着自己的杰作被一朵泛着白花的潮水"唰"的一下冲掉一半，也并不懊恼，而是重新再堆一次。时间就这样无声地从我手中消失。

夹杂着咸味的海风猎猎地吹着，此时的我什么都不用想，也不必担心。这一片海湾就像专属于我的天地，在这里，我找回了平日少见的、朴素的愉悦。尽管天空灰沉得就要下起雨来，我心中却着实生出一种"面朝大海，春暖花开"的暖意，更不愿离开这片静静的海湾了。

世界各地的海，我是见过一些的，但在波托菲诺海边涌起的熟悉感，倒是从未出现过。我好像突然明白为什么这座小小的海湾城镇是莫泊桑心中梦想的天堂——在这里，独有人世间最美丽而原始的宁静和安详。湖岸是湖的语言，海滩是海的告白，也是大地最美的曲线。或说，海滩是人和自然之间的一种介质，一种关系，一种人与江河湖海最亲近的接触方式。

波托菲诺永远给人这样一种感觉：有一点闲散，有一点悠然，在这里无须烦恼什么。当你站在海岸沙滩，让心境完全融入水的宁静之中，就体会到什么是心灵的波澜不惊。

不系之舟

波罗的海以北

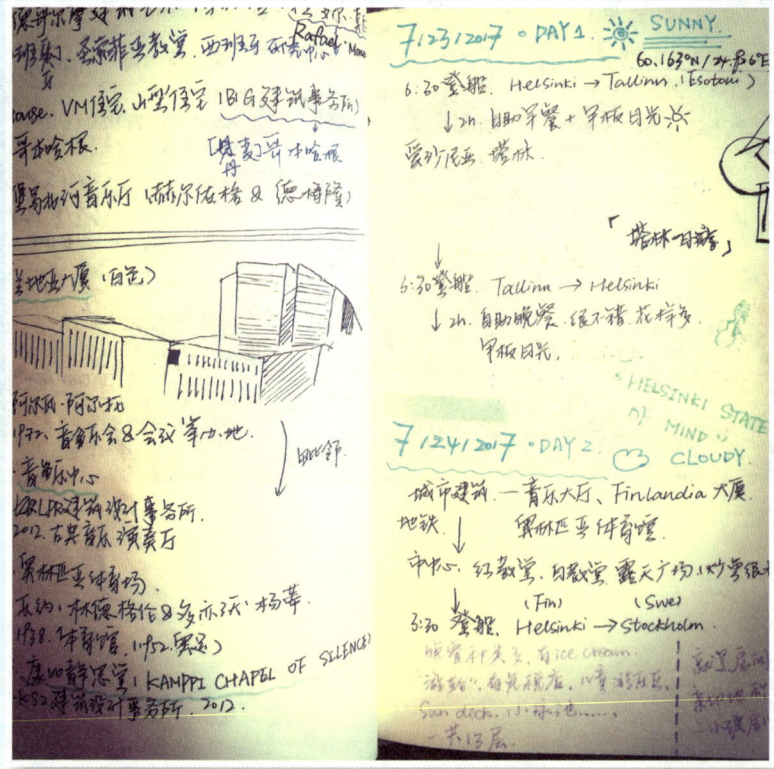

建筑相关资料：

赫尔辛基：

阿尔瓦·阿尔托自宅（阿尔瓦·阿尔托） Alvar·Aalto

[芬兰现代建筑师、家具设计师，已逝]
人情化建筑理论倡导者。

珊纳特赛罗市政中心、Muuratsalo实验室
赫尔辛基科技大学、赫尔辛基芬兰大厦、德国
埃森歌剧院。葡萄酒杯 Steven·Holl
赫尔辛基当代艺术博物馆（斯蒂芬·霍尔）

[美国当代建筑师代表人物之一]

、贝尔维尤美术馆。[美]
赫尔辛基大学图书馆（Anttinen Oiva Archite
                      建筑师事务所
斯德哥尔摩公共图书馆（阿普斯伦德）

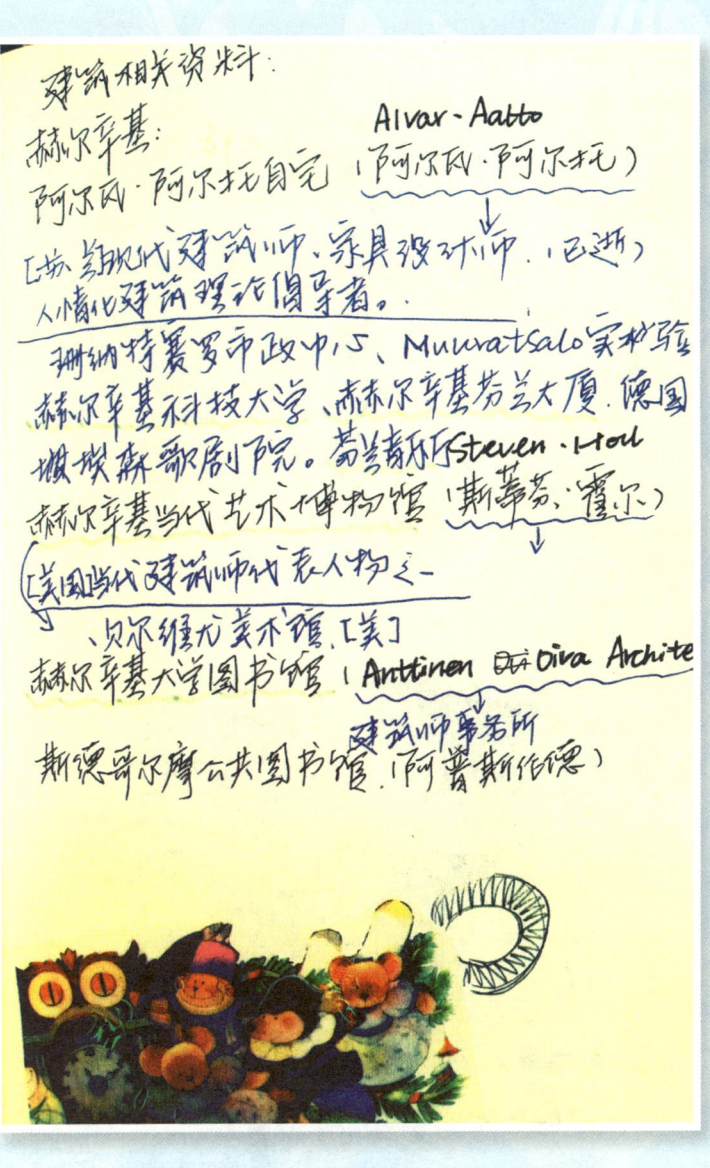

时间的体积

黄蓝色的平等和包容

提到瑞典，人们的第一印象是人口少、环境好、福利高。或许正因人口少，平等、包容的价值观更易根植于社会的角角落落。来瑞典前，对此我略有耳闻，这次便怀着一探究竟的心情，来到首都斯德哥尔摩，试图探索这个国家的奥秘。

在斯德哥尔摩王宫的前广场，每日的国王卫队换岗仪式如期而至，簇拥四周的游客翘首以盼。伴随着嘹亮的军乐声和铿锵的脚步声，身着整齐的海蓝色军礼装的军乐队和王宫卫队逐渐进入视线。印象中，国王卫队的准则就是众人形如一人。而此刻眼前的画面着实出乎我的意料：士兵们高矮胖瘦不一，错落有致，居然还有男女混合编队。我不禁费解，这真是王宫卫队，抑或北欧人的幽默感使然？然而，硬件方面的参差不齐丝毫没有影响士兵们迈出整齐划一的步伐，操练出引人入胜的花式枪法。每一名士兵都神采飞扬，动作无不标准到位。

一个国家的仪仗队体现了整个国家的精神面貌。虽然各国崇尚的内容有所不同，比如瑞典，就用这种方式向世人展示了她的包容和平等，既不限定队员的性别，也不设置外形条件，只要你有热情，愿意成为仪仗队的一员，就没有任何理由将你排除在外。由此可见，瑞典的平等并非空谈。

人和人之间的平等亦然。不要求人们在各方面做到"相等"或"趋同"，而是促成大家在精神层面互相理解，互相尊重，同时平等享有社会权利与义务。最突出的大概就是性别平等了。国家的目标是要确保男女两性在生活、工作、学习等方面都拥有同样的机会，享有同等的权利，承担相同的义务。当今世人的潜意识中，多认为男性在生理和心理上比女性更具优势，进而前者在社会中可以承担

时间的体积

更多，受益也更多。这种定势思维逐渐转化为男性在社会上的发展空间比女性更大，拥有更多的机会，进而可以承担更多的事务，职业的选择度也更高。而一旦有人倡导性别平等，则很容易被大男子沙文主义的追捧者抨击为过度女权。

重男轻女的社会偏见由来已久，属于历史发展问题，该理念根深蒂固于多数人心中，绝不会在朝夕之间有所改变。幸运的是，"性别平等"业已成为社会发展的正向趋势，瑞典只是较早觉悟，并付诸以有效的行动。两性平等毋庸置疑可以促进社会发展，至今没有可靠数据显示女性在各方面明显弱于男性。若不给予相等受教育的机会和发展空间，又何以让女性证明自己毫不逊色？

瑞典政府做足表率，在政经领域、职场、校园，甚至教会为女性提供平等的机会，值得我们借鉴和学习。然而，我认为瑞典最成功的改变并非于此，而是将这种平等理念落实到生活的细节，融入国民的日常，成为一种常识。在瑞典，不存在男性要主动给女性让座或买单的"绅士行为"，他们给予女性足够的尊重，并相信她们有能力照顾好自己；人们也不会觉得"女孩爬树""男孩喜欢粉色"有什么问题，尊重每个人的选择，不妄加评判。每个人都是独一无二的个体，个人好恶本身就不该受制于约定俗成的各种规范。

不可否认，平等和包容的理念已渗入每个瑞典人的血液，他们不仅身体力行，还在某些方面引领着世界的潮流。黄蓝色的平等，瑞典的平等，若合理参考先驱者开辟的道路，并进行适当的改变，我相信，平等和包容会让这个世界更加和谐美丽。

时间的体积

伟人，名人，常人

内心深处，我总觉得"诺贝尔"就在身边，或因曾拜访奥斯陆这一诺贝尔奖的颁奖地，又或许是在四中校园与诺贝尔园数次相逢……这微妙的缘分渐渐拉近我与诺贝尔的距离，让我倍感亲切。

这次，我有幸亲临"老友"家乡，站在斯德哥尔摩的老城广场，呼吸着陌生又熟悉的空气，欣赏着眼前的一切。老城广场北侧坐落着一座不起眼的建筑，熠熠生辉的玻璃门似与这古典建筑风格的广场有些许违和，引得往来的游人驻足凝神。走近玻璃门才发现这里竟是"诺贝尔博物馆"。

馆内灯光微弱，为展品笼上了一层神秘的面纱。游客们走近方能看清楚展品细节，亦激发了人们的求知欲。诺贝尔奖是由阿尔弗雷德·贝恩哈德·诺贝尔设立的重量级奖项，享誉全球，妇孺皆知。无数学者、专家终其一生，也只能与"诺贝尔奖"擦肩而过，不是不遗憾的。诺贝尔博物馆的墙壁上记录着每一位"诺贝尔幸运儿"的故事，影院也播放着每位获奖者的各种经历。当我正欣赏这些佼佼者缔造的种种奇迹时，无意间抬头一瞥，竟发现房顶

时间的体积

上覆满了在滑轮轨道上滚动的"传单"。细细读来，这是关于904位获奖者和团体的介绍。驻足馆内，我痴痴读着每位伟人的生平，情不自禁抬手想要触摸，倏忽感觉他们就在我的身旁。

有时候，我会有种强烈的直觉，伟人似乎就站在离我不远的地方，可他们的经历又是那么遥不可及，于是会反复自问：所谓伟人、名人，他们的差别究竟在哪里？而当真正"身处"伟人之间，又发觉没什么可疑惑、混淆的，伟人做出的贡献的确不是常人所能企及的。所有位列诺贝尔博物馆的人物，都可以被称作"伟人"，值得世人崇拜敬仰。而名人，只代表有名声的人罢了，名声可好可坏，也可有可无。是不是可以这样说，名人的数量相对更多，伟人只是其中一小部分；一个时代产生的伟人屈指可数，名人却可以不胜枚举。

名人，伟人，首先都是人。为世界及人类做出伟大贡献者，伟人也。名人可因某事出名，却并不意味着成就非凡。简单来说，名人很有可能是肤浅的，君不见，世间徒有虚名者比比皆是。而常人呢？无须为社会做出特殊贡献，日复一日安分守己度日，无功无过，也就这么过了一生。

失败或成功、寻常或伟大，任何一种结果都和人们为人处事的态度、对待学习和知识的立场、看待生活中困难和收获的心境等不无关系。

我们最终会成为何种角色，有天分因素，也受到后天抉择的影响。诺贝尔离我并不遥远，可算作我的"老友"。我十分敬仰一生能有355项专利发明的诺贝尔，因此，也要选择和他同样的态度对待自己、对待世界。我相信，改变一些看似简单微小的态度和习惯，最终实现的是从常人到伟人质的跨越。

希望有一天，我的名字和简介有幸也能在诺贝尔博物馆的房顶上无穷无尽地转着圈。

时间的体积

横行霸道

有这样一座古堡,看似为横行霸道而生。它虽是货真价实的王宫,却俨然一副军事堡垒的架势。在这座当年堪称"北欧第一精美的文艺复兴式建筑"里,发生过很多值得娓娓道来的故事。

克隆堡宫,又称"哈姆雷特城堡",正是"王子复仇记"中的城堡原型。不经意间,这座城堡似乎被赋予了哀怨、阴郁、愤怒的悲剧色彩。除了戏中的故事,这里还有另一件颇为耐人寻味的轶事。

这座坐落于丹麦北部赫尔辛格市的宏大城堡曾属于菲德烈二世。丹麦的赫尔辛格和对面瑞典的赫尔辛堡间隔着一片仅几公里宽的海峡,是从波罗的海进入北大西洋的捷径,因此,地理位置十分重要,海边城堡也就成为控制海上通道的军事要塞。

菲德烈二世充分利用有利的地理位置,建造了克隆堡宫,作为收取过路费的最佳关卡。这位帝王生前最喜欢的消遣方式便是坐在城堡内某个视野辽阔的房间内,透过窗,欣赏每艘即将通过海峡的船只交付过路费。

时间的体积

当然,若是乖乖缴费,还则罢了;如果反抗,驻扎在克隆堡宫的士兵会立刻将所有炮筒瞄准船只,平静的海面顷刻就可被巨炮发出的铁球炮弹掀起巨浪。这里的海面极窄,不够先进的船只丝毫没有还手之力。规矩就是这么简单而霸道,没道理可讲。若想平安通过这片海峡,必须服从这个不平等条约,上交无理的过路费。后来,一艘美国舰艇经过此处,非但没交费,还用船上的武器教训了这帮"拦路虎",这强词夺理的规矩才终被打破。

菲德烈二世统治时期,丹麦呈现出多年未有的欣欣向荣。国库充实,人民富足,国运昌盛,前途一片光明。这个富有的国家偏又占据了关键要塞,就算定下霸王条款,也无人敢反抗。但终因实力不足以抗衡美国,在这场战争中败下阵来,横行霸道的气焰就这样被轻松打掉,亦只能服软了。

时间的体积

　　历史一次次证明，横行霸道的前提是要有强悍的实力。当你拥有这样的实力，整个世界都能被你踩在脚下，一言九鼎，焉有不服者。这既现实又残酷。世界从来都掌握在有实力的强国手中，所有游戏规矩均由他们给出，凭借强有力的先进武器，以及雄厚的经济作为后盾，即使有联合国这样的国际组织出面制衡，也不过杯水车薪。

　　克隆堡宫的这段历史如同莎翁笔下的《哈姆雷特》，注定成为一段哀怨、阴郁、愤怒的流光往事，流传后世。

不系之舟

世界设计之都的碰撞

时间的体积

近几年，北欧的设计潮流似有席卷全球之势。人们纷纷抛弃华丽典雅的传统欧式风格，迷上了自然简洁的北欧小清新设计。这种备受世界追捧的设计风格正来源于北欧四国，这四国的首都则是集设计和现代感于一身的时尚都市。

今天，让我们共同走进斯德哥尔摩和哥本哈根，去探寻他们给予世界的绝妙灵感吧！

瑞典同时拥有发达的工业和精美的设计，因而涌现了不少全球知名品牌，沃尔沃、宜家、伊莱克斯……令人如数家珍。到达斯德哥尔摩后，我即刻四处寻找那些符合"有设计感的现代大都市"的蛛丝马迹，但并未如愿。斯德哥尔摩的建筑不像我想象的那样别具特色，城市的装饰也不算出彩。

些许失望中，我们来到动物园岛。说是"动物园岛"，但岛上并无动物园，而是集中了分门别类的各色博物馆，有著名的瓦萨沉船博物馆、北欧博物馆、水族馆、生态博物馆和ABBA博物馆等。

若是博物馆逛得倦了，还可以去岛上的六月坡儿童乐园和斯堪的纳维亚半岛最古老的游乐场放松一下。当我穿梭于博物馆之间，在知识的海洋里遨游，漫步在绿树浓荫的小径上，不由赞叹这里人性化的景点设计相当贴心。我惊喜地发现斯德哥尔摩的设计特点在于散而不乱，整座城市由十四个小岛和一个半岛组成，小岛又各有分工，井井有条，再由一座座桥梁相互连接，变身为北欧最大的城市，

时间的体积

一座集文化和设计于一身的大都市。

再把镜头转向哥本哈根。提到此城，我头脑中即刻闪现出安徒生笔下的童话世界和地标性的小美人鱼雕塑。但哥本哈根和丹麦的魅力绝不止于此。哥本哈根的街头艺术远比斯德哥尔摩异彩纷呈，华灯初上，走在城市中心的大街小巷，随处可见匠心独具的现代装饰。

到达新港的转角有一面绿色长墙，上面用镜子般的材质写着巨大的文字"YOU LOOK GREAT"。想象一下，清晨时分，上班族忙忙碌碌路经此处，侧目看见如此温馨的话语以此般独特的方式呈现，定会心照不宣地回报一个温馨的笑容。新港附近人流密集，车水马龙，不同国家、不同种族之人聚集于此，好不热闹。人们看到这样的街头艺术，或许会须臾驻足痴望，或许会微微一笑，或许会转述给身边的朋友。人们与这面墙互动，这墙也就不再只是普通的墙，而是一面有灵魂、有态度的墙。我想，这大约就是街头艺术的极致了。

两座设计之都特点分明，各有千秋，分别展现了两种最高水平的设计风格，均让人置身其中深感舒适和快乐。斯德哥尔摩拥有近乎完美的城市规划设计，大小街道都会成为吸引你的亮点；哥本哈根则是街头艺术大师级的呈现，你很可能因为过于沉醉于这些艺术的表达而不小心偏离了原本的道路。

两座城市皆因"设计"享誉全球。这里，时刻进行着顶级设计的交流与交融，如此方碰撞出一座才踏入其中就忍不住心驰神往的都邑。

不系之舟

孤独的大陆

凯恩斯

旅行过程中总会经过无数城市,有的城市只是用来歇歇脚,就算那里有最宏伟的建筑,也仅是走马观花地匆匆一瞥,不会与之产生太多牵扯;可有些城市,即使没有出名的景点,也会有一股神奇的吸引力促使你驻足。一旦停下来,即使最平常不过的野花,也与自己有了千丝万缕的联系。凯恩斯,就是这样一座城市,不经意间,三天的停留给我带来了奇妙的归属感。它是旅游胜地,也是前往大堡礁的最佳港口,但于我来说,它更是让人心定神宁的所在。

我们全家一行四人住在凯恩斯海岸边的一座公寓,距市中心步行半小时的路程,从阳台向外望去是一排排棕榈树和一片蔚蓝的海。圣诞节的早晨,阳光透过玻璃撒进房间,我走上阳台望向海边,聆听海浪拍打沙滩的声音。一阵微风拂过,海水那特有的咸味混杂着泥土的芬芳充斥着我的鼻腔。就在我享受惬意的清晨之际,远方传来一阵喧嚣。我好奇地注视着远方,有人群在道路尽头出现,原来是圣诞节的集体活动。小城居民络绎不绝地从健步道跑过,有人戴

时间的体积

着圣诞帽跑得气喘吁吁,也有的携着一家老小,牵着一条狗慢跑。人们一梯队接着一梯队,沿着海岸线的环形健步道跑过一圈又一圈。此刻,我似乎体会到"忽逢桃花林"后的豁然开朗。无论如何,想在北京这样的巨型城市体验一整座城共同参与一个节日的幸福,怕是极难的了。

  傍晚,天际线与海平面相接的远方呈一片晕开的胭脂色,偶尔三两只海鸥飞过,似是画作中的点睛之笔。"一道残阳铺水中,半江瑟瑟半江红"不正是形容此刻的美景吗?东边海岸上是公共泳池,圣诞节的晚上满满都是举家同乐的欢声笑语。路边树上的彩色鹦鹉落满枝头,"叽叽喳喳"吵闹着争抢果子。从泳池向西望就看到了

落日,周边也站着高矮不一的棕榈树。澄透的天空挂着一轮红日,夕阳透过树叶,在草坪上投射出拉长的树影,让人忍不住拍下一张永远留存。

回去的路上,天色已经昏暗,路边的长椅上比肩坐着一对情侣,在星空下喃喃低语,让人感觉是不经意间走进了电影的片段。"醉后不知天在水,满船清梦压星河"的美梦,也不过如此。

凯恩斯虽说是昆士兰省的重镇,却并没有想象中的繁华。这里的夜晚星空足够醉人。远处传来热闹的歌声,吸引着我的脚步。走近才发现,是黑人移民的圣诞聚会。众人正围作一圈。他们拥有嘹亮的歌声和热情的舞步,孩子们则赤着脚追逐打闹。尚不熟悉的文化带来的神秘感和好奇成为我对这座城市印象的一部分。我不由自主地脱下凉鞋,赤着脚走在健步道上,完全不必担心被钉子或是植物的果实扎到。经过阳光一整天的暴晒,此时的地面仍有余温,遂喊妈妈和妹妹也一起赤脚行走。

沙滩上多得是漂亮的小石头,棕红色的、黛蓝色的、微微掺杂绿色的;还有形状各异的海螺和贝壳,引得我和妹妹坐在沙滩上挪不动脚,拾到双手捧不住了才肯罢休。

凯恩斯就是这么一座城市,一座让我想光着脚沿着海岸线走上无数遍;想听着别人的歌谣,把自己的故事娓娓道来;想漫无目的地行走于街头,抛弃城市的喧嚣,只坐在沙滩看一整晚星空的城市。我想和最亲爱的家人在一起,享受此时此刻。旅行的众多意义中,就包括找到使自己感到怡然自得的桃花源,这一刻,不再问今是何世。那份感受也许只来自简单的阡陌交通、鸡犬相闻,和来来往往的黄发垂髫。

时间的体积

探索频道

我对大堡礁的印象,无非是蔚蓝的海水和海中那片浩瀚的珊瑚礁群。这是中国游客来澳大利亚的必游景点,我们亦不能免俗,特别是要在那片海域潜水,内心还是相当期待的。

一缕缕阳光间或从云层照向波光粼粼的海面。可能是天色有点阴,海水呈幽深的蓝色。对于已经整装待发,即将在这片水域浮潜的我们来说,确实需要做一番心理准备,才敢纵身跳进这十多米深的幽静海水。

我花费了不少时间在浮漂内的海域寻找,收获却不多。想来是因为平台附近的海水深,离珊瑚礁有一定距离,或是海水污染致使鱼群不愿靠近。我不由想起几年前来这里,在同一个海中的

不系之舟

时间的体积

第一次体验。幸得教练的密切督教，我逐渐进入状态，同海底的距离越来越短，直到跪在海底的白沙上，以不到二十厘米的近距离观察那颗巨型贝壳。它的外壳被海藻所覆盖，呈现灰绿色。我本想确认它到底是否能够孕育巨大的珍珠，却发现根本看不到贝壳内部，是还有一个保护层吗？又或者，其中是通向某个神秘目的地的任意门？

最令人称奇的是，从一片珊瑚礁的正上方游过时，我的身体好像擦过珊瑚和律动的海葵，恍惚间自己也成了一尾深居海洋的游鱼，感受着深蓝世界中的生命和每一丝细微的变化。在一片寂静中，我的呼吸声充斥于整片大海。与浮潜时的悠然自得不同，深潜时的呼吸有些急促，这或许是初次体验导致的紧张，加之对自己和自然距离之微小太过惊喜的缘故。

同一天经历浮潜和深潜后，我发现二者是相通的，并非技巧上的相似，而是探索世界的不同角度殊途同归。浮潜，是从俯视海底的角度；深潜，是从身临其境的角度。探索世界的角度其实非常多：直升机、跳伞、攀岩等等，不一而足。你最终会发现所有路都指向一个点——发自内心地体会同自然距离之近的雀跃，享受大自然带给你的一丝平静和治愈，体验那些微小的生命带给我们不同的心跳感觉。

大洋路

早有耳闻,澳大利亚南海岸线上的大洋路是世界最美的海岸公路之一。对此,我早就心向往之,并查阅了很多书籍,关于这条路的历史背景也是这次从书本上习得的。之所以修筑这样一条公路,主要是为了安置一战后复原的士兵,令他们能够更好地融入社会。可以说,这条路本身就一战老兵创作出来的完美杰作。

时间的体积

游览大洋路西之际，我发现起点附近一处不知名的观景台通向海岸的悬崖峭壁，仅容两人并排的通道延伸至距离海平面更近的岩石处。我沿着通道一直走，到达平视岩石的角度才发现，这岩石的造型与大洋路沿途的一个经典景点——"伦敦桥"相似度极高：本应平整的岩壁中央竟有一个两人高的圆洞，给人以一种画中画的幻觉。从洞中望出去的画面是茫茫无边的海洋。波涛反反复复、永不停歇地冲向这姜黄色的岩石。天长日久，岩石被冲穿，或许在未来的某一天，岩石会因承受不住这强大的冲力而倒塌吧，就像儿歌里唱的那样："London bridge is falling down, falling down."我不禁喟叹：哪怕坚如磐石，也无力抵抗这周而复始的自然之力呵！

大洋路的海景全部是由高耸的悬崖和自海中凸起的土色岩石组成，"十二门徒"就是其中最为游客所青睐的景点。目力所及只有无边的海洋，靠近绝壁之处怪石嶙峋。曾经的"十二门徒"如今只剩下七位，坚定地伫立海水中。

此时，厚厚的云层遮蔽了天空，呈现出牛奶般的色泽。三天以来，持续降雨，淅淅沥沥的，时停时落，天气的变化无章可循。云朵始终不肯散去，盘桓在头顶，加之小雨连绵，感觉整个世界都是湿淋淋的黏稠感。这样的天气，海中的巨石显得无依无靠，在阴云的衬托下，反而带有圣徒般的神秘感。其实，相比圣徒，我觉得它们更像寻找归途的孩子，孤单地矗立在冰冷的海水中，想要踏出一步走回大陆，却在与海浪的较量中束手无策，只能原地不动，茫然地望着回家的路。

大洋路不止是有"路"，有"大洋"，还有恬静的乡村田园，给予人们"江海寄余生"之冲动的海景风光。一切都使人神往，让我着迷于闲云和草坡上的牛马,着迷于海水拍击沙滩和岩壁的声响,着迷于形态各异的岩柱,着迷于想象那些石柱间的故事,着迷于自然造物的强大与不可逆。

  我被大自然的力量深深震撼,就算坚厚的岩石也敌不过百万年的海水冲刷,在与自然之力的对比下,人类显得更为脆弱微小。物竞天择,只有适者才能生存,人类亦然。在享受自然为我们提供资源的同时,人类难道不应反思自己给予了自然什么吗?难道只是无尽的索取和破坏?不!我们势必要寻找一个平衡点,一个我们能和自然友好相处的平衡点。人与自然都是这世间最独特的存在,彼此相濡以沫,文明的长卷才能源远流长,生生不息。

时间的体积

树林与栏圈

澳大利亚的动物之多令人惊叹，在这里的经历完全可以概括为"与动物的见面会"，而且绝对是 VIP 会员才能享受的近距离接触。

大洋路沿途有一个小镇，名为"安吉西"。小镇北郊的一个高尔夫球场是野生袋鼠的栖息地。我们一行四人决定在周边进行一场与野生动物的亲密互动。球场上，居民瞄准球洞，挥舞球杆，袋鼠则悠然自得地闷头啃着短短的草。我饶有兴致地欣赏着它们吃东西的模样，看着看着，觉得青草味儿里似乎都掺着一丝甜。放眼望去，人与袋鼠在草坪上和平共处，享受着各自的生活，早已习惯了彼此的存在。也就只有好奇的游客为了拍一张照片，才会探头探脑试图接近袋鼠群。

风从草场远处的树林携着泥土的芳香向我们拂来。树林里依稀有几只白色的鹦鹉在枝头觅食。我们放轻脚步，缓缓踏着柔软的草地走近观察。鹦鹉头顶那黄色的冠子随着在枝头蹦跳而微微颤动，弯弯的尖喙啄食着尚未成熟的青色果实，待我们又向前稍稍接近一小步时，不知哪棵树上的乌鸦聒噪地尖叫起来，惊得鹦鹉扇着翅膀四散飞入树丛中。

塔斯马尼亚岛作为澳大利亚唯一的岛州，独有一些动植物种类。岛上一个动物收容所中，袋鼠懒洋洋地躺在阳光下舒展着身体，即便被人群围住喂食也丝毫不显慌张，反而上前舔食游人手中的饲料。不必为了果腹而奔波，只需坐卧阳光下，总有送到嘴边的食物——真是优哉游哉的神仙生活。塔斯马尼亚袋熊则是一副憨态可掬的样子，肥胖的身躯走起路来一摇一摆，不紧不慢的。而考拉那柔软的小爪子惹人不住抚摸，而此刻它们仍是弓着后背，倚在枝丫上沉沉酣睡，好像这样的爱抚会带来十足的安全感。

时间的体积

　　与这安详景色相反的是行驶于塔斯马尼亚的公路上，平均五公里就会看到路边或路中央有动物尸体，多是浣熊一类的小型动物，我们也曾见到有袋鼠。它们被车辆撞飞或是碾压，多数鲜血还未凝固，看得出生前的最后一秒，它们是猝不及防的，更有甚者直接成为车轮下的肉饼，连原本的形状都不复存在。想不到在这座岛屿上最常见到野生动物的方式竟是这般残忍与血腥。不敢想象这些有着柔软身躯、温和性情的小家伙试图奔过高速公路时，一辆飞速行驶的车辆成了它们发亮的眼中最后的影像，尾气散后只剩僵硬的尸体和无神的双眼。

澳大利亚这片大陆，拥有袋鼠、树袋熊、鸭嘴兽等独特的物种，而其他动物也在城市或乡村占有一席之地。在动物园或收容所中，它们能过上安逸的生活，最初被捕捉时积累的不甘和愤恨都在衣食无忧的生活中渐渐淡去。这里没有天敌、疾病、车祸、觅食之苦，同时也失去了自由的权利；反之，野生动物虽按照自己的节奏生活，却可能在任何一秒因一个意外而丧命。树林和栏圈里的岁月，哪种才是它们眼中理想的生活？

是安逸度日，还是保持自由并承担相应的不确定性？而哪种又是我们所期待的生活方式？

美利坚

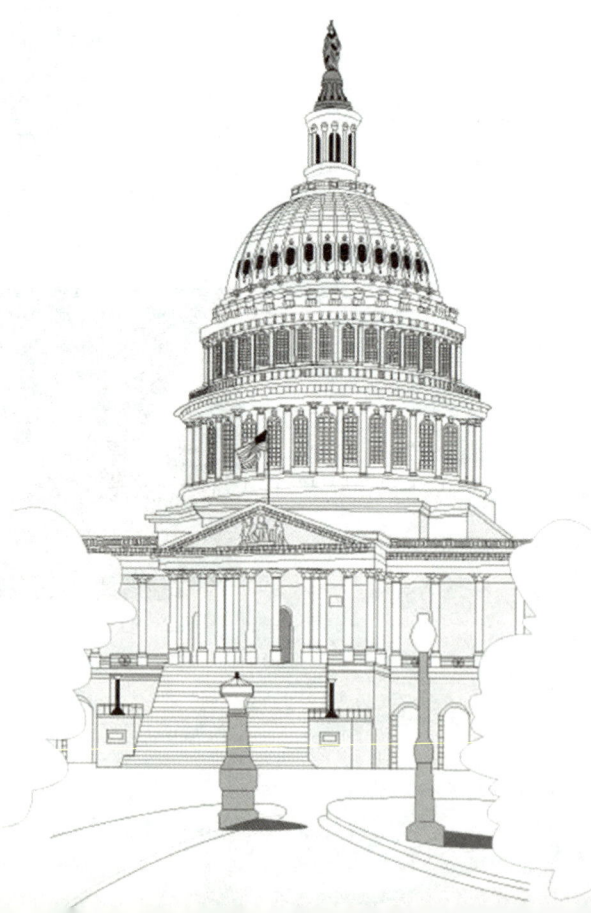

磐石永固

洁白纯净的白色砂岩建筑里，林肯高坐椅子之上，所有人只能抬头仰视他，崇敬之情油然而生。林肯，一位伟大的美国总统，领导北方军民在南北战争中取得胜利，使全国维持统一。与林肯纪念堂相望而立的是华盛顿的地标——华盛顿纪念碑，黄色的砂岩暖暖地深入人心。华盛顿，也是一位了不起的政治家，领导人民打赢了独立战争，成为美国的首任总统，其名最终也成为美国的首都之名。两位伟人的丰功伟绩与这两处瞩目的纪念物一起，长久存于人们的心中。

无论林肯还是华盛顿，他们所做的贡献毫无疑问都不是普通人能够做到的。正可谓时势造英雄，天时地利人和的配合下，只亿万人中的凤毛麟角方能成为名垂青史的人物。他们的事迹被传颂，国家以恢宏的建筑纪念他们，或以他们的名字命名一些重要的建筑或城市。

纪念一位伟人，不单为了使大众铭记他的功劳，让游人赞赏他的美德，更重要的是让更多人传承他们的某种精神。林肯对人人平等的坚定维护；华盛顿在权力面前卑以自牧，在以大局为重的前提下，最大限度地尊重民意……二人身上值得学习传承的闪光点还有很多很多。

离林肯纪念堂不远的地方是一面黑色的大理石纪念墙，上面密密麻麻地刻着很多人名。这是一座战争阵亡官兵的纪念碑。那准确、浩瀚的牺牲名单壮观地呈现在一整面墙上，给予我的视觉震撼非同小可。我注视着这面肃穆的墙体，那触目惊心的黑色沉重得好像能把我拽进历史的长河中，与那些逝去的士兵展开对话。入伍之际，这些年轻军人已深谙自己命不久矣，为何仍选择义无反顾地冲锋陷阵？这样的浴血奋战真的值得吗？我认为是值得的，虽然年轻的生命陨落了，只有名字长存于纪念墙上，但他们为了和平和自由、为了自己的亲人，为了让大家过上安定幸福的生活，牺牲了自己的生命，换来这片净土。我相信，这些英雄的名字会永存于每位驻足凭吊他们的行人心中，是他们的浴血奋战成就了今天的国泰民安。他们虽不出名，却比林肯总统一样值得人们尊敬。这让我想到了"人生自古谁无死，留取丹心照汗青"的豪气，"胜败兵家事不期，包羞忍耻是男儿"的觉悟，又或是"黄沙百战穿金甲，不破楼兰终不还"的决心。这些逝去的灵魂中，有些刚离开校园，步入社会，就在战场抛头颅洒热血；有些正当壮年，离开小家，担起保家护国的大任。这座平民纪念碑与总统纪念堂毗邻，气度却毫不逊色，这些名字镌刻在石壁上，流芳千古。当那些站在岔路口不知何去何从的迷惘者，来到这里看到这些名字时，必定会心潮澎湃，内心蛰伏的力量必将被激发起来，做出不一样的抉择。

那些坚如磐石的力量、那些茂如夏树的精神、那些飘荡在春风里的情怀，以及那些寒冷冬日的深沉觉悟，均来自这些在战争中牺牲的年轻人。他们的决心和勇气与华盛顿和林肯在本质上是一样的，无论伟人抑或普通士兵，所有的牺牲和贡献都值得被铭记，个体的价值绝不该被埋没。

愿他们的精神磐石永固，遍及之处绿树常青。

胡思乱想

读《西游记》有感 / 端午食粽 / 人的本性:《三字经》读后感 /

浅谈现代文学早期大家的突破探索之路 /

北京人的心态:《城南旧事》读后感 / 京韵 /

目送一段成长略:《日送》读后感 /

三维到四维的思维世界:《思考的乐趣》读后感 /

我的美

— CHAPTER TWO —

读《西游记》有感

　　《西游记》讲述了唐僧师徒四人经历九九八十一难到西天取经的故事。吴承恩的文字引人入胜,对人物的刻画入木三分,功力不浅。除了对文字的慨叹,这本名著也给予了我不小的启发……

　　孙悟空神通广大,任何妖魔鬼怪都不是他的对手。他一路斩妖除魔,为西天取经的成功立下了汗马功劳。但是否有人想过,若是孙悟空没有紧箍咒的管束,将会如何?以他豪放不羁的性格很难坚持到成功取经的那天,中途他或许就会回到花果山做一个"妖王",

时间的体积

继而在世间兴风作浪。书中,他不是没有负气离去过。犹记得尚未被压五指山之前,他供职天宫,做着弼马温。彼时的他已不受天规束缚,无拘无束,偷蟠桃,戏仙女;偷吃老君的仙丹,还打翻了丹炉,搅得天宫不得安宁。能力越强的人往往越需要管束,极需要一个"紧箍咒"抑制他们的冲动。孙悟空亦曾想过取代玉帝,不然怎会起个"齐天大圣"的名头?可见,能力越强,野心越大。现实中,不乏心比天高者,这时,往往便需要更强大的"如来佛祖"来压制其内心的恶念,需要一个"紧箍咒"来震慑他们的任性而为。

孙悟空虽是百战不殆,却绝非孤胆英雄。若少了水性绝佳的沙和尚、力大无穷的猪八戒,仅凭孙悟空一己之力,绝不可能回回轻松过关。一个人即便气壮河山、三头六臂,仍很难独自完成人生中的诸多历练。我们应该学会团结协作,与伙伴同心协力,共同面对困难,如此方能顺利通过命运赋予我们的重重考验。

当然,孙悟空善于辨别是非的火眼金睛是我们应该学习的。现实中自然没有妖魔鬼怪,我们要识别的是生活中的是非善恶,分清该做什么、不该做什么,看清楚身边之人是在帮你抑或害你。这都是一个成功者理应具备的能力。

唐僧也是书中的主要人物。他慈悲、善良，愿意帮助每一个遇到的落难者。途经白骨岭时，白骨精于荒郊野岭三次化身村民，欺骗迷惑师徒。这自然骗不过孙悟空的火眼。在他即将结果妖魔之际，唐僧居然念起了紧箍咒，不惜破坏师徒关系而去搭救白骨精所幻化的村民。有人认为唐僧肉眼凡胎、不辨是非，因此制造了很多麻烦。我则不以为然。唐僧乃佛家弟子，理应慈悲为怀。他也许深知对方的妖孽真身，却仍愿舍身感化对方，这样的善良难道不值得敬佩吗？

《西游记》中的人物性格分明，这些角色告诉我一个最重要的道理——若想追寻一个伟大、美好的目标，中途势必会遭遇磨难和挫折，这些阻碍或大或小，但毋庸置疑的是，我们必须坚持不懈地克服困难、战胜挫折，方能走上辉煌的成功之路。试想，师徒四人若一帆风顺到达西方乐土，轻而易举取回真经，想来这《西游记》也不会成为传世名著，脍炙人口了。我们之所以可望成功，正是因为这份喜悦来之不易。

时间的体积

端午食粽

五月鸣蜩，又至端午。作为中华民族的传统节气，端午食粽是传承千百年的习俗。这天，家家户户都会吃上几个粽子，哪怕只是象征意义上的。今年的端午节，我亲自体验了一把包粽子的快乐。

关于吃粽子的起源说法很多，最为广泛的还是为了纪念楚国爱国诗人屈原，这也是最让人耳熟能详的故事。粽子本身是中国文化积淀较为深厚的传统食品之一，春秋战国时就已出现。南、北方的粽子略有差异：南方多为咸口儿的肉粽，北方是香甜的糖粽。从小到大，我吃得最多的还是京味十足的红枣、豆沙馅的糖粽。

包粽子的过程远比享用有趣。放学后，我不敢耽误半秒，赶紧跑回家准备开始这项"艰巨"的任务。一进门，桌上已备好前天晚上就泡好的黏糯米和粽叶，以及袋装的豆沙馅，而成品正是我最喜欢的豆沙馅粽子。

首先，我拿出一张宽大的粽叶，把它卷成圆锥形的舀杯状；接着,放一小把糯米,在中间一层挤上豆沙馅;再在最上层铺上厚厚一层糯米。雪白的糯米中依稀可见紫红色的豆沙,被青翠欲滴的竹叶包裹着,晶莹可人,充满夏日气息。

　　最难的部分是卷粽叶。粽形本是很美观的,但把粽叶卷起后就好似变成了绿色的异形魔方——叶子里出外进,甚至有空隙。粽子在慧心巧思的妈妈手里三两下就成形了,便向她请教:"粽叶该怎样卷呢?"妈妈无奈地冲我一笑,接过我手中尴尬的半成品,一边示范一边讲解着方法,终于有了粽子应有的模样。最后一步是用绳子固定粽子,这样粽叶就不会散开。我模仿着妈妈的手法,笨手笨脚地如法炮制起来。经过"五花大绑",我小心翼翼地系好绳结,一个粽子出炉了——翠绿的四角形用白绳子紧紧绑好,显得乖巧可爱。

时间的体积

　　接着，我和妈妈齐心协力，包好了十几个粽子，动作越来越熟练，终于把所有的糯米和粽叶都包成了粽子。
　　这次体验不仅锻炼了我的动手能力，学到了制作粽子的方法，更在趣味中使我体会到保护、传承传统文化的重要性。2005年，韩国的"端午祭"申遗成功，许多国人为此愤愤不平。但在我看来，这也不一定是件坏事：如今，国人对传统文化的重视程度每况愈下，一些传统节日和习俗也随时间的流逝消失殆尽，照此趋势，端午节是不是也会在未来步其后尘？韩国的端午祭申遗成功，从某些方面来说是对传统文化的保护，这也敲响了国人保护传统文化的警钟。
　　中国已进入了前所未有的开放期，由于受到一些媒体的影响，年轻人越来越享受某些外来节日带来的肤浅乐趣，而忽略了中华的传统节日和习俗，这是甚值我们深思的问题。永远不要忘了本民族的文化源头，传承中华传统节日和习俗是每一个国人和华人的责任。

人的本性：《三字经》读后感

时间的体积

　　《三字经》曾告诉世人"人之初，性本善"，但是荀子又提出"人之性恶，其善者伪也"……可我认为这些看法可能都太过片面、主观——人性真的是这样泾渭分明吗？人性一定是善或恶中的一者吗？比起这些看法，我更赞同杨雄的"人之性也，善恶混。修其善则为善人，修其恶则为恶人"。

　　人没有真正的本性。人的性格、行为习惯等等都是由环境所决定的。任何事物都有两面性，而人性自然也有善的一面和恶的一面。人性会因为环境的变化、时间的磨砺而发生改变，而在不同的情境下，人性的表现也会有所不同。人出生时对任何事物都没有任何判断能力，那时我们不会知道什么是善或恶。这时的我们就如同一张白纸，单纯简单，父母老师传授给我们为人处世的方法，而孩子也会渐渐理解并在环境对之的影响下对"人性"有自己的体会和感受，这时他才具备所谓的人性。

　　环境对人性的塑造起到至关重要的影响，在不同环境下成长的人，人性自然会不同。例如孟母三迁的故事：当家住坟地附近时，孟子经常玩筑坟墓或学哭拜；当搬家至市场附近时，孟子又模仿做生意和杀猪；当住在学堂附近时，孟子终于开始跟着学生们学习礼节和知识。这个故事正体现出环境对人的巨大影响，孟子总去模仿身边人的行为和处事态度，是因为他对此并没有任何判断和理解。所以，人的本性在最初并没有本质上的定义，当一个人与贤德善良之者一同生活，他自然会向贤能的人学习，成为那般的人；但若与性恶之人共同生活，他一定不会懂得善良。正如古语所道：近朱者赤近墨者黑。

这样看来，多数时候环境或身边的人对一个人的本性的影响会大于他与生俱来的和他自己的理解。这也与人的进化历程相关：人类经历的这几十万年甚至上亿年的进化过程与环境的关系太过密切，人与自然从来就是融为一体的，会互相改变、互相影响。某些程度上可以说人的本性就是环境的产物，在环境给我们的影响下人才会进化，才会有思想，有人性。

人性真的如水，处于什么形状的容器中形状就是什么样子的，又是那么轻易就能改变，只要换一个容器便焕然一新。而水又那么容易被污染，只要一小滴墨水便能染黑一盆水。人性只要受到一点恶念的影响，恶便可以轻易地蔓延到占据整个心灵。而如果能在自己心里形成对人性的正确理解，我们便可以主动发扬心中的善，来对抗恶。让自己不仅仅是水，而是成为水中的鹅卵石，即使被水冲刷的圆润光滑也还能保留自己的本质。这或许就又是人的下一步

时间的体积

进化。

　　人性不是三言两语可以解释清楚的,只有真正地去面对,去体会,你才会了解。人只是依据自己对自己和同类的认知,将本性中的一部分称之为善,另一部分称之为恶。我们就是我们自己,当然是"有善有恶",只不过是哪一部分比例更大的问题,而这很大程度是由环境决定的。

　　其实,事物总有两面性,每个人的本性中也皆有这两方面,因为它们其实本就浑然一体:有善存在,恶一定紧随其后,只不过我们人为地强行把这两部分区分开了而已。所以脱离所处的环境,讨论人的本性其实没有太大意义,无论争论出的结果是性本善还是本恶,我们的性格或甚至下一代的本性也不会因此而发生任何改变。更多的还是取决于每个人身边不同的成长环境和周围不同的人,而对我们来说,向着心里善良的人性努力,尽量成为具有那样人性的人才是有意义的。

浅谈现代文学早期大家的突破探索之路

今天,学校组织参观了现代文学馆,让我们系统地了解了中国文学的发展历程。

站在文学馆大门前,大家肃然起敬,不禁沉浸在对文学历史的缅怀当中。

将手扣进以巴金先生手模为原型的门把,我们便徜徉于中国现代文学的历史长河。巴金是中国现代文学史上重要的作家之一,与老舍、曹禺、茅盾等人同为"左翼"作家,其作品以家庭生活为主要题材,反映了封建大家庭逐渐没落的过程,表现了封建专制制度必然崩溃的历史趋势,讴歌了青年们的觉醒和反抗,革命文学时期的特点较为突出。

更早一些的是以鲁迅和郭沫若为代表的作家。当时,中华民族救亡图存,加之中国文学自身演变和外国文学带来的深远影响,使该时期的文学作品开始逐渐使用白话文,并宣传倡导民主科学

时间的体积

等新思想,又产生了不少新式文学体裁,使旧式文学出现喜人的新意,渐渐有了现代感,为文学的探索打开了一扇崭新的大门,为未来文学的发展开辟了一条光明的康庄大道。相较从前,这时产生的大部分作品更敢于批判旧文学,敢于创造属于自己的新风格,敢于踏上从未涉足过的领域。

在中国现代文学馆留下影迹的作品都是具有鲜明时代特点,而且相当杰出。无论是鲁迅富有开拓精神的《呐喊》《彷徨》,还是郭沫若的浪漫主义诗集;抑或朱自清或抨击黑暗社会、或描写人情味儿的散文;以及巴金折射社会风貌的"激流三部曲",皆反映了现代文学的特点。漫步于文学馆的花园中,小径旁绿荫下是一尊尊栩栩如生的作家雕塑,如同一条时光走廊,记录着中国现代文学的发展历程。

中国现代文学以鸦片战争后的近代文学为先导,五四运动所倡导的新文学为发端,随后,文学之路有了短暂的自由,之后又掀起了革命文学的潮流。推翻帝制后,进入民主革命时期,言论逐渐自由,现代文学有了井喷式的发展,因此产生了大批今天令我们耳熟能详的文学大家和灿若星辰的大量作品。

所谓的文学发展,都是作家通过大胆创新,完善自己的风格,写出自己的思想,突破束缚,前仆后继。一如中国科技的近代化探索一样,总要有人提出新的理念,尝试新的方法,然后开创新的天地。

正可谓不破不立,总要有人来穿破束缚,文学事业亦是如此:为使文学之路更加宽阔辉煌,总有作家会成为拓荒者,一步一个脚印,一点点铺就这条光明大道。正如鲁迅先生所说:"其实地上本没有路,走的人多了,也便成了路。"没人敢迈出第一步,怎会有后来的柳暗花明?

如今,这些大家已经驾鹤西游,但他们留下的文学财富、思想京华将亘古永存。逝者已矣,生者当如斯。中国的文学发展能否欣欣向荣,还看今朝,在我少年。

时间的体积

北京人的心态：
读《城南旧事》有感

《城南旧事》讲述了小英子在南城生活的故事，叙述了一幕幕悲剧：妞儿和妞儿妈被火车撞死、"小偷"被警察抓走、宋妈的丈夫接走宋妈，连英子的父亲也因肺病永远离开了英子。

　　这本书以小英子的视角记录了城南的旧事，带着孩子特有的稚嫩目光审视着成人的世界，文字质朴，情感真挚。林海音用淡然、清新的笔调描摹了一出出悲剧的始末。《城南旧事》不光记叙了作者的童年，更可视为军阀割据时代北京平民生活的社会缩影。

　　二十世纪二十年代是风起云涌的乱世，悲剧丛生。老舍先生创作的《骆驼祥子》和《四世同堂》同样以北京城的底层人民为主角。像英子一家、骆驼祥子和祁家这样的北京人经历了太多悲欢离合。他们坐在观众席的第一排，看时代的戏码流转，叹世间的变迁无奈。

　　从元朝伊始，近五六百年间，北京始终是中国的政治、文化、经济中心。漫长岁月的涤荡中，北京人一直观察着这座城池的变化，并形成了极具本土特色的"京范儿"。元朝短短九十余年的统治，朝廷对外穷兵黩武，征伐不断；对内高压统治，无视民生。彼时，北京人所经历的苦难恐怕是历朝历代最深重的。明朝永乐帝天子戍边，建都北京后，北京才真正有了堪称京城的建筑规模。北京人在都城安居乐业两百余年后再次经历了时代变迁。清朝统治下的两百多年，老北京文化也吸纳一些旗人的习俗。民国初期的军阀混战让北京人再经劫难，《城南旧事》的故事就发生在该段时期。老北京人见多了世面，习惯了大风

时间的体积

大浪,渐能在任何时间、对任何事怀揣一颗平常心,安之若素。

《城南旧事》中那个举步维艰的时代业已过去,英子生活的城南胡同也不复存在,但文字带来的淡淡哀愁与缕缕相思,感染着一代又一代读者。现在的北京人早已体会不到彼时的苦难和悲怆,但北京人的精神尚在。他们仍然关心国事家事天下事,常被调侃为"北京的哥都操着中南海的心"。今天,作为国际大都市的北京,繁华如故,魅力依旧,北京人的努力渗透其中。北京人热爱生活,亦能笑对生活中的各种挫折。生活在北京,我能感受到这种淡泊自省又不失进取的心态,也想把这样的心态传承下去,发扬光大。

"我默默地想,默默地写。看见冬阳下的骆驼队走过来,听见缓慢悦耳的铃声,童年重临于我的心头。"字里行间,林海音回顾了她悲凉又难忘的童年。这些时光统统回不去了,但所幸,老北京人的精神存留了下来,熠熠闪着光,就像作家说的那样,"让实际的童年过去,心灵的童年永存下来……"

京韵

"走遍了南北西东,也到过了许多名城,静静地想一想,我还是最爱我的北京。不说那,天坛的明月,北海的风,卢沟桥的狮子,潭柘寺的松。唱不够那红墙黄瓦的太和殿,道不尽那十里长街卧彩虹。只看那紫藤、古槐、四合院,便觉得甜丝丝,脆生生,京腔京韵自多情。"一如歌中所唱,我正生活在这活色生香、韵味无限的古都——北京。

漫长的岁月给北京城染上了一层绮丽的光晕,无论怎样大兴土木,高楼林立,散落城中的历史遗迹仍绽放着夺目的光彩,其中最牵动人心的就是气势磅礴的故宫。这是明清两朝的皇家宫殿。伫立于饱经风霜却依旧气象非凡的太和殿前,眺望远方,仍觉四面高墙外的世界都很遥远,如坠梦中,脑海中只弥散着发生于这里如烟往事。流光溢彩的琉璃瓦向世人昭示着这座宫殿的显赫地位,古色古香的木柱和悬梁彰显着岁月的悠久,栩栩如生的屋顶神兽仍尽职尽责守护着它们的家园……这巧夺天工的建筑技艺不仅让我惊叹于古人的智慧,更感受到北京作为皇城不言而喻的卓绝气质。难怪张恨

时间的体积

水也说,"就是故宫前后那些老鸦,也充分带着诗情画意。"

老北京的传统民居——四合院和本土居民又何尝不是此处的一道风景?触目可及的胡同儿如同这座古城的血脉,纵横交错,盘亘在皇城四周。如今,不少灰砖灰瓦的四合院内仍住有百姓,他们喝着茉莉花茶,听着悦人的鸽哨声,过着优哉游哉的闲适生活。他们是这座城市日新月异的见证人。而北京人的"局气"、有理有面儿、遇事淡定、上进、爱国、幽默、健谈,这诸多特长又为这座古城平添了浓浓的人情味,难能可贵的包容性让初来乍到的异乡客不再惶恐,渐渐被它的气息感染,尔后深深爱上它。

我每天乘车由五环一径进城路过北海去上学,最爱透过车窗,感受时代之变迁,昼夜之轮转,四季之交替。从现代化的大都市到古韵依旧的琼楼玉宇,就由这一环又一环、纵横交错的柏油马路串联在一起,想想真觉得很奇幻。

正值初夏,走进四中校园,初升的太阳刚爬上小白楼的楼顶,露着半张脸,尚带着一片不肯散去的朝霞,涂抹着本是灰白的盛新楼和佑贞楼的每一处角落,红色、金色……楼前,上世纪初期的匾额上的绿漆早已斑驳;乾隆御笔提名的校场习射碑亭亭玉立,却也已褪去峥嵘;长廊下的紫藤萝又是一年绿茵成片;诺贝尔园内姹紫嫣红,花香馥郁;篮球架在阳光下拉出颀长的影子。每日迎着霞光万丈,微微眯着眼,总有一种冲动令我想停驻于这样的瞬间:面对浸润在朝阳中的四中校园,站在曾一步步跑过走过无数遍的操场上,不再移动一步,静静体会心中的无限暖意和恬淡的归属感。

我曾多次游历欧洲大陆的诸多古都,虽说那里亦充斥着满满人文历史氛围,令人赞叹不已;而于我而言,纵然万水千山走遍,仍只深切迷恋着这座名叫"北京"的城市。行走在巴黎的凡尔赛宫、香榭丽舍大道,或属于童话世界的天鹅堡,维也纳的茜茜公主博物馆,抑或纽约的时代广场时,我的心中总装着这座北京城。眼前的景色纵然宝马雕车香满路,却离我很远,甚至有一丝冰冷。而北京,时时在我心中,熨帖的,热乎乎的,就像是我身体的一部分。即便独在异乡为异客,始终倍感安慰。或许,这就是所谓的"悠悠天宇旷,切切故乡情"吧!

尽管并非出生在北京,但我的血液里满满洋溢着"京味儿"。我是北京人,热爱的是京韵,就像那《故乡是北京》里唱的,"我还是最爱我的北京。"

时间的体积

目送一段成长路：《目送》读后感

一本绿色封皮的书，一袭母子的背影，诉说着一个个父母儿女间的小故事，用着最朴实的文字，却最能触动我的心弦。

《目送》是一本散文的合集，每一篇散文都讲述了一个父女母子间的故事，整体来读饱含着无尽的温情和寂寞。初读这本书，我总觉得和朱自清的《背影》有相似之处——同样是着重描写亲情的。反复读过才发现《目送》所蕴含的不单是对亲情的感叹和缅怀，更在深处表达了作者对生命的深刻理解。

"我慢慢地、慢慢地了解到，所谓父女母子一场，只不过意味着，你和他的缘分就是今生今世不断地在目送他的背影渐行渐远。你站立在小路的这一端，看着他逐渐消失在小路转弯的地方，而且，他用背影默默告诉你：不必追。"目送，其实是一种不同生命间的相对运动。前几天和爸爸妈妈一起看我幼时的录像，我正在蹒跚学步，初次为人父母的她们紧盯着我摇晃的小小背影，害怕我摔倒；现在十三岁的我，有时倔强得对什么都不屑一顾，纵使是知道父母对着我转身的背影无奈地叹息；假如等到我二十岁，也许意气风发地想要突然消失在小路的转弯，让父母不再唠叨、不再追逐，那时的父母也同样会目送着我的背影，还担心我的身体吧；等到我到了三十岁，我想我终于会回过头，懂得在事业的辛苦中回头看看父母，那时看到的是应该是他们满头银发互相搀扶的背影吧。

仔细想想，这大概是每人都会经历的目送，也是每个人长大的过程。但好像目送也不仅仅是目送人的身影，也许只是目送一片树叶的飘落，也许只是目送夕阳西下，也许只是目送一个小玩具的丢失，也许是目送毕业时同学们的各奔东西，更也许是生死别离这种最深刻的目送。每一次目送，都有不一样的意义，但都代表着变化与成长。

回过头来看我所走过的十三年人生，好像也不过是一场场的目送。在不断的目送之中好像已经渐渐明白了龙应台所说的"有些路啊，只能一个人走。"这种感觉就像曾经父母送我去考试时目送我进考场，但走入考场后的路，转过父母目不能及的拐角，只能自己走了。

我懂得了目送就是成长的过程，是生命的更替，从长辈的目送到我们自己的目送，褪去了曾经的幼稚，就已经是不经意的成长了。目送过了旧的总会有新的再来，花开花落再到花开，如此轮回，那

时间的体积

就是一朵新的花了,然而一段目送就结束了。所以生命的意义就在于成为那么多花中最独特的一朵,让目送的人可以一眼看到。

行走在人生这条路上,只有不断地前行,虽然无法回头但却能时刻感受到父母长辈在背后给予的目光,从这样的目光中知道自己要做什么。而随着岁月的流逝,这些目光会越来越远,直至消逝,最终只剩下自己独自前行,"有的路啊,只能一个人走"。

三维到四维的思维世界：《思考的乐趣》读后感

时间的体积

　　《思考的乐趣》是一本可圈可点、相当有趣的书籍，无论是有关概率的讨论，还是关于统计的种种，抑或各种各样引人深思的数学问题，无不紧紧抓住我的神经。全书内容新颖、文字时尚，既有与现实生活紧密相关的应用型话题，又不乏打通几何、代数关联的富有启发性的讨论，还间或介绍了一些著名数学难题的最新研究进展，信息量大，全是干货。

　　其中，我最喜欢的章节当属《不同维度的对话：带你进入四维世界》。字里行间，作者以别具一格的视角为读者诠释了二维、三维、四维的场面。

　　从简单易懂的二维过渡到三维，不仅是知识的铺垫，更是一种立体思维方式的铺垫。作者在我们所能理解的范畴内，解释了空间转变的各种问题，以便读者更好地理解三维到四维的转换过程。

　　有了前文的铺陈，再去想象四维的立方体就省去了很多不必要的疑问。"四维立方体可以看作是三维立方体的移动轨迹，因此，画一个四维立方体很简单：画两个三维立方体，然后连接对应顶点即可。观察四维立方体的旋转，你会看到里面的小立方体穿过一个面，跑到了外面，尔后又变成了最外面的大立方体。这一切都和二维向三维的推广是类似的。仔细观察思考，你还会发现更多可以类比的地方。"这样充斥着对比的叙述形象生动，读者几乎可以凭空勾勒出所述的这些画面，从而更为清晰地思考一个从未见过的空间形体。于是，《思维的乐趣》教给我的又不单单是多样的数学知识，而是更为深刻的思维方式，并从始至终贯穿着这一精髓。

　　《不同维度的对话：带你进入四维世界》一篇为我呈现了一种

此前从未涉及的思考方式——一种思维上的跨越感。有时候想问题不能只关注我们肉眼看到的那个"维度"，而要从更简单或更复杂的"维度"考量这件事，思虑全面。当我们跳出固有"维度"看问题，事情反而会更加清楚易懂。这或许就是苏轼早就发现的真谛吧——不识庐山真面目，只缘身在此山中。

可见，作者顾森必定是一个善于灵活跨越思考"维度"之人。想不到，一介文科生也能写出一本逻辑缜密且妙趣横生的理科书，让人心悦诚服。我曾先入为主地认为学文者必是对数学算式一窍不通，理科生自然也不解"春花秋月"之情趣，直到读了这本书，才打破了思维定式。果然，换一个维度看问题，一切便截然不同了。生活中，我们都需要掌握这种"跳出盒子""跳出维度"的思维方式，如此，方能看到更广阔的天空，更美好的境界。

时间的体积

我的美

　　我们，我们每个人由无数个小小的原子、分子组成，原子分子的排列、组合，使我们得以形成在这个世界上。而我们，乃至地球上的每个生物以及地球，都只是宇宙中微乎其微的尘埃。我们可以是小到难以注意的"原子、分子"，也可以是独特的小宇宙，天天与那么多未知擦肩、交错、邂逅甚至碰撞。我们每个个体，可大可小，无一相同，却都有自己的美。

　　有人说"颜值乃正义"，有人又花费巨额整容，为了拥有一张好看的脸。当然，这并没有什么错，良好的容貌和形象可以给人加分不少，但只是每日看着镜中的人儿，感叹自己不可方物的美貌，或可惜时光匆匆带走青春，这些又意义何在？韶华肯定易逝、光阴总是荏苒，怎样让我的美赢过时光的白驹？

　　美表现在太多方面，晃花了人的眼，看不清什么是真正的美。何时何处何人能再听听脚踩木地板的嘎吱声，闻闻墨水与纸的芬芳，抛下了浮华，再来寻找我的美？

我的美在于我是一个独立的个体，有创造的能力和意愿。在于我的自信和乐观，昂首挺胸，笑容满面，举止优雅得体。

我的美在于我这个小小的个体有着一个不是梦的梦想：云游四方，见见世面，而后成为一个真正有修养、有内涵的人。

我的美在于我愿意读书，愿意丰富自己，愿意助自己在自己理想的路上越走越远。

我的美在于可以为一本书、一部电影而热血，也可以忙中取静，在纷扰的环境中仍可踏实做事。在于愿意学习、愿意接受，又不会随波逐流。

我的美在于比起表面的容颜，我更欣赏内心的充实。内心里有内容的人，一定是有"腹有诗书气自华"的大气，有怀揣天下的胸怀。我愿成为这样的人，像天上的星星，有光芒却不灼人眼；像一株绿植，在尘世间低眉却有强大的气场。那便是最美最美了。

我现在还完全不能说我美在内心的富足，美在灵魂的修养，我还差得太远，但那的确是我的目标。且美且丰富，自己的内心拥有一片独特绝美的广阔天地，但能把它沉淀于心，实现，现其本真、守其质朴的本愿。

林徽因曾说"我们都知道，姹紫嫣红的春光固然赏心悦目，却也抵不过四季流转，该开幕时总会开幕，该散场总要散场。但我们的心灵可以栽种一株菩提，四季常青。"那外表的容貌总归是要"散场"的。外华可以说是一种天赋，而内秀却像树苗一样，可以播种、可以培植、可以蔚然成林、可以直到地老天荒。我要在心里种下这一棵平凡的菩提树，让我的美随这株树成长、成长。

提笔·微小说

伊丽莎白与伊丽莎白 / 归宿

— CHAPTER THREE —

↓
Tower of London
伦敦塔.
原来伦敦塔不是塔.是座防御系统
完备且曾做过监狱的王宫.
玛丽妃曾在这里关押.

↓
泰晤士河边夜游. Tower Bridge
夜景照泰晤士河反射灯光.
Sharp 高高耸立.对岸的新建
筑亮着灯光. Tower Bridge
屹立在河上.美丽的夜景.
这次旅程第一次夜游.
也是最后一次.

BYE London.
BYE British!
I'll be back again.

时间的体积

伊丽莎白与伊丽莎白

"报纸头条:剑桥国王学院发明时光回溯机!"伦敦街头的叫卖声吸引了不少路人购买报纸。

与此同时,温莎堡中的英国女王——伊丽莎白二世正捧着国王学院专门遣人送给她的时光回溯机。产品刚刚研发成功,各方面的性能并不稳定,也不可预知其之后会面临的负面效果,因此,就没有安排专人指导女王如何使用。但我们的伊丽莎白显然按捺不住了:若是这机器可以用,大概就可以了结我多年的那个心愿吧!伊丽莎白,那个和我有着同样名字的女子究竟是怎样一个人呢?而关于玛丽·斯图亚特的处置……呀,这机器究竟能不能用啊?

时光回溯机就放在书桌上,机身小巧精致,有金属边缘,在阳光下一闪一闪的,中间是玻璃罩住的表盘,标注着时间和日期。明明是新科技,却散发着古色古香的韵味。

刚刚听说苏格兰为独立发起了一场游行,伊丽莎白二世苦恼而郁闷地嘟囔道:"何必!英格兰和苏格兰就不能和平相处吗?"

她轻扶额头回到屋里,抬手拿起读过许多遍的英国历史书,刚好翻到苏格兰女王玛丽一世被伊丽莎白一世软禁的那一页。

时间的体积

"最终的结局都是詹姆斯一世成为苏格兰与英格兰国王,当初何必钩心斗角……"伊丽莎白话未说完,就被眼前的景象震惊到了。

那本陈旧的历史书忽然绽放出无比耀眼的光芒,随后,光芒逐渐减弱,覆满字词的书页似乎变为电影银幕一般,上面竟然走动着人物,站在书旁还能听见他们的谈话。

伊丽莎白睁大眼睛感叹:"上帝啊!我一辈子没见过这样古怪的事,难道是时光回溯机?"

书中各色人物仍然做着自己的事,那似乎是一个集市,一个属于伊丽莎白一世时代的闹市。

伊丽莎白的目光完全不能从书页上移开。她发现自己像是被什么力量牵引着,慢慢进入了书中的世界,进入了1586年的热闹集市。

屋里没有风,书页却"哗啦"一下合上了。桌前的椅子上空无一人,只有时光回溯机兀自闪着光。

集市里吵吵闹闹的,伊丽莎白捕捉到两位女士的对话:

"你说女王什么时候处死那个该死的玛丽·斯图亚特?"

"谁知道!越早越好,女王不知在顾虑什么。"

伊丽莎白知道她们口中的女王正是伊丽莎白一世。

"乔伊斯夫人,先生叫您回家,有事商量。"一位马车夫匆忙从马车上跳下来,毕恭毕敬地对伊丽莎白二世说。

"乔伊斯夫人?先生,你在说什么?"

"夫人,快回去吧!沃尔辛厄姆先生在府中等您,命我来接您!"

"好吧!"尽管伊丽莎白有些摸不着头脑,也大概知道自己来到了历史中,此时的身份是乔伊斯夫人。

乔伊斯夫人,弗朗西斯·沃尔辛厄姆的妻子乔伊斯。我对此人略知一二，没记错的话，沃尔辛厄姆是伊丽莎白一世的首席秘书，与威廉·塞西尔共事。那么，这个时间和身份正好可以让我圆了心愿。伊丽莎白二世暗自思忖。刚刚集市中两女士所谈论的事情正是英格兰女王伊丽莎白一世要处决苏格兰女王玛丽一世。历史上，玛丽一世最终被送上断头台，而我要做的就是竭尽所能阻止这样的结局发生，让玛丽的人生有个好一些的结局，更重要的是，可以使苏格兰和英格兰的关系更加融洽。

颠簸了一路，马车终于在沃尔辛厄姆的府邸前停下。客厅里，沃尔辛厄姆面朝窗外站着，手里拿着烟斗，不时吐出烟圈。听见了夫人的脚步声，转身邀妻子在沙发上坐下。

"夫人你看，如今人民都希望尽快处决玛丽·斯图亚特。玛丽对女王的王位明明有极大威胁，这点女王也心知肚明，但她怎么就是犹豫不决呢？"沃尔辛厄姆似乎并不想得到答案，说话时也不看妻子，而是盯着烟斗，像是自言自语。

"女王总有她的理由。"伊丽莎白第一次用乔伊斯夫人的身份讲话，有点担心言多必失，"那么，先生叫我回来所为何事？"

沃尔辛厄姆没有马上回答，而是转身拿起一个信封，顿了顿，递给夫人："女王明天在王宫举行舞会，为庆祝远亲的婚礼，明晚可不能迟到。"

正好！伊丽莎白心想，可以借此接近女王，使她改变主意。

次日晚，舞会上人头攒动，热闹非凡。

距离舞会结束已剩下不多的时间，伊丽莎白正与女王攀谈，尝试套出她对玛丽的看法。女王的声音明显虚弱，正当伊丽莎白准备转身离开时，她突然晕倒在地。

时间的体积

"女王晕倒了!"宾客大喊,现场瞬间乱了秩序。

"不会是玛丽安排的刺杀吧?"

"上帝保佑,千万别是。"

没有人注意到女王倒地前,伊丽莎白在她的酒杯中倒入了白色粉末——安眠药。

在御医赶来前,伊丽莎白趁乱回到马车,换上预先准备好的皇室医服,假装是掉队的实习医生,冲回女王身边。她跟随御医把女王送回寝室,又做了些简单的检查,发现女王并无大碍,便留下来看护女王。伊丽莎白暗想:希望我还能如昨晚进入沃尔辛厄姆的梦境一样进入女王的梦,这简直是历史送给我的最棒的礼物。我只需让女王在梦中做出决定不要处决玛丽,现实中,她也会这么想的。

于是,伊丽莎白将自己的注意力集中到女王身上,双手紧握着她的手。她感受着女王的体温,逐渐进入对方的梦中……那是一个温馨的庄园,和煦的阳光照着城堡黄褐色的墙壁,花园中点缀着缤纷烂漫的花,摇椅上坐着一位大块头的中年男人,看那臃肿的身躯应是伊丽莎白一世的父亲亨利八世。伊丽莎白尽量把自己想象成女王的母亲——安妮·博林。她料想伊丽莎白一世渴望圆满的家庭,所以,母亲的身份必然更有分量。

通过地上的一摊水洼,伊丽莎白满意地发现自己已变为安妮·博林的模样,随即挂着温柔的笑走上前。亨利八世注意到安妮的到来,收起了冷峻的面孔。

见母亲到来,女王拉住她坐在长椅上,抱怨道:"母亲,我最近在烦恼一件事,可否和您商议?"

"当然,你我之间还有什么需要顾忌的。"

"是这样，母亲，如今我把苏格兰的玛丽女王软禁在斯塔福德郡的查特利城堡，人们都喊着尽快处决她，可我怕天主教徒和天主教国家的抗议，尔后挑起战争，也怕血染双手，您怎么看？"

"先想想结果吧！你有王位继承人吗？"

"并没有，只有玛丽的儿子詹姆斯一世是顺位继承人。"

"那么处决玛丽对未来有什么影响？当然，她确实有碍你王位的安全，但这可以从其他方面化解，例如宽待天主教，使天主教徒安分守己。无论哪种方式，都比处决玛丽要好。"

"值得一试，母亲。"

"若再解决不了，把玛丽长期软禁或监禁也胜过处决。"

"是，我会试试看。"

次日早晨，伊丽莎白退出女王的房间，暗想：昨夜的一席话应已让女王深信不疑，她必会认为那是自己的真实想法在梦中的投影。

于是，她带着等待结果的煎熬回到沃尔辛厄姆府中的书房，打算先回到现实，再从书中看结果。毕竟，大英的女王不能总是缺席于真实世界。在时光回溯机的帮助下，伊丽莎白重新回到现实中。她心满意足地发现书上的字迹有所变化，"玛丽被处决"的字样消失了，变成"玛丽被软禁终生，伊丽莎白一世放宽天主教……"

接下来，来验证现实中苏格兰与英格兰的关系会不会有好转，苏格兰还要不要独立吧！

桌上，时光回溯机的光芒仍在淡淡闪烁……

写于 2015 年苏格兰、英格兰旅行后

时间的体积

归宿

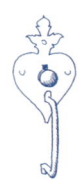

走进博物馆,玻璃展柜像一个极大的结界屏障隔绝出两个时空。屏障内宁静沉寂,却自有乾坤;屏障外,一层又一层的游客聚集于此,想要一窥屏内的世界,而伫立在人群之中的我却怀着不同的心境:"嘿,又见面了。"

我与这件文物的渊源始于父亲。父亲自打年轻时就乐于研究历史,误打误撞在酒馆认识了一行盗墓队伍。本是没什么交集的陌路人,却因特殊的时代和这件非比寻常的文物牵扯出了关系。盗墓队伍的头目在这次陕西宝鸡的挖掘行动中收获了大批珍贵的文物,其中最为引人瞩目的当属这件西周夔纹铜禁,经过几重倒卖转手,居然卖到了父亲手里。

父亲翻阅了相关文献后还是难以置信,自己手中的竟然是只在古书中有所记载却鲜有出土的青铜禁。从目前仅有三件出土量来推测，这件文物可谓是价值连城了。青铜器作为国之重器，是中国古代贵族祭祀时才会使用的珍贵器皿。这件文物一直在家中妥善收藏着。

我与它的初次会面，是在我二十岁那年。

"我已经步入不惑之年，有些事情，你也该负起责任了。"父亲语气如烟，平平淡淡地说着，并带我走进那间很少打开的房间。房内有一个中空的长方体，形似长桌，禁面上三个微微凸起的椭圆口在灯光下闪着铜器特有的微弱光泽。尽管其表面已呈现氧化后的青绿色，却依旧难掩精细夔纹带来的惊艳之感。

"你还记得儿时曾读过的《山海经》吧？夔是一条腿的怪物，商朝和西周的青铜器上大多雕刻夔文或夔龙纹作为装饰。这西周的夔纹铜禁是贵族祭祀时用来摆放卣、尊一类盛酒器皿的几案。"父亲轻声提醒我。

我痴痴地望着，眼神已离不开那些纹理，连续不断的线条追溯着时过境迁、沧海桑田，仿佛在讲述着自己的故事。两千多年前，那是属于它的时代，稀有的金属散发着金色的光芒。祭祀仪式中，这样的神圣色泽是最能接近神灵的。年轻的我，认为每日能够如此近距离端详这件文物就是天大的幸运，不禁暗想，这件国之重器曾属于贵族、属于皇室，如今，它的归宿却是我家的这间屋子。

我还未从这青铜器的辉煌过往中缓过神来，短短半年后，长达十四年的抗日战争打响了第一枪。父亲依旧不慌，从容不迫地安排家人和家里物件的去向。正如他说过的，"你也该负起责任了"。于是，我担起了保护这件文物的责任。

时间的体积

1938年,战争愈发激烈,丝毫没有结束的迹象。一些亲人加入了抗战,有的就那么残不忍睹地被日军杀害了。父亲对我说:"或许是时候了。"那是我第一次从他眼中看到犹豫,看到担忧,看到那一丝不易察觉的悲伤。之所以看得出这些,大约是我心中有了类似的感情。战争爆发伊始,我就与父亲商量好,若是这场灾难发展到无法控制的局面,那么,就要尽最大努力确保这件西周夔纹铜禁完好无损。如果这件文物有了丝毫闪失,无论是对个人、家族,还是国家、民族,乃至世界都是极大的损失。这是世间仅有的三件青铜禁之一,是研究西周青铜器的珍贵实物资料。我每日提心吊胆,担心哪一天日军会占领天津,踹开房门夺去或是毁坏了它。这枪林弹雨的时代,这狼藉一片的土地,显然不具备保护文物的条件。

是时候让青铜禁转移到更安全的地方了。在半个世界都被卷入战争的当口，远离亚欧战火的美洲大陆似乎是相对安全的所在。事不宜迟，我已来不及思量到美国后如何安置这件珍贵文物，更顾及不到"国之重器"一旦远离故土，是否就意味着民族文化的外流……

"去吧！在一切没有结束前不要回来。你明白你的责任，不只是为了保护一件青铜器，更是为了维护危在旦夕的祖国的尊严。"那是我平生最后一次听到父亲的叮嘱。

透过玻璃展窗，我与这件青铜禁再次相见。

"抱歉！身在异乡，你……"后面的话如鲠在喉。我不知当初的抉择是否正确。漂泊异乡的铜禁啊，你是否还记得中国的故土芬芳？那禁上的灵兽啊，令你离开长居两千多年的家乡，你是怨我的吧？

其实，我与你——夔，我们的境遇相差无几。远遁战火，背井离乡的结果是只能定居美国，我的归宿在哪里？难回家乡的我，归宿究竟是何处？

实在抱歉啊！我是不忍见你在故土的硝烟中灰飞烟灭，若是如此珍稀的文物在世上没有立足之地，那才是真正的遗憾，很可能在世间彻底丢失……你的归宿从没有变，无论身在何处，你仍属于你所诞生的那片黄土。而我，亦是如此。

写作于2018年参观纽约大都会艺术博物馆后